V

地大地大地大地大地大地大地大地大地大地

大地文學13

禾埕上的琴聲

丘秀芷 著

目錄

自序

丘秀芷

隔將近二十年，「悲歡歲月」重新印行，改了書名，只因經歷數千上萬個日子，「禾埕上的琴聲」依舊縈繞心中耳際。

是父親的琴聲歌聲、母親的吟哦，陪伴我們走過無數個有淚水、有歡笑的歲月，無爲、無求、散淡，這樣的雙親是少有的，卻給予我們豐富而廣闊的空間。

沒有任何壓力，像小草、像原野上的林木，自在的生長；而父母深厚的人文藝術素養，也自自然然的投影在我們身上。

如果有來生，願意再生爲父母親的孩子，在琴聲中，在熒熒燈火下，在田園裡，在那幾週一輪溉的溪水淙淙聲，走過辛酸又甜美的童年、少年、青壯年！

「禾埕上的琴聲」，是永不休止的行板。

民國九十年初夏

原序

丘秀芷

往事歷歷，回首前塵，不曾攀爬到高峰；也幸而未曾跌落深谷。有的只是如歌的行板，一步又一步的走過來。曾滿腹辛酸披荊斬棘，但也溫馨無限的承受眷顧護持。

還是分不清楚：過去數十春秋，算是富足抑或貧困？到底是痛苦還是歡樂？

耳際常是豐盈的！父親的琴韻、兄弟吹簫弄笛，加上姐姐們歌聲響遏行雲；園林中雞啼鳥鳴蟲聲唧唧，田野間蛙鳴嘓嘓水流淙淙，無一不給予熱鬧豐盛的感覺。甚至年節前石磨轉動聲；每日向晚時分，「多！多！多！多！」母親剁豬菜聲；以及狗兒狺狺、小貓咪咪，全都叫我深深懷念。

當然也有疾風怒號、豪雨滂沱；更有寒霜凌人、烈日炎炙，不過，都有父母親以他們那細若枯枝卻堅強如鋼鐵的雙手，為我們遮風避雨除暑袪寒。

走過崎嶇山路，也曾陷於暗流中，幸而有親長師友扶我助我，使我跌仆能再爬起來，使我不至於沉淪淹沒。

父親母親都是與世無爭散淡無爲的人，從不在我考第二名、第三名時叫我：「下次拿第一！」也不會在我成績跌落到中下時怒斥：「書怎樣念的？」他們只在我偶爾得到某些小榮耀時，欣喜於色。

不曾硬被推向高處，也因此不強求自己能「振衣千仞岡」，更不會妄想去摘取天上的星辰。水到自然渠成，這是多麼好的至理名言！

那些流逝的歲月裏，充滿音樂，但是並不是管急絃繁，也不是絲竹迸裂，有的只是一首又一首淺吟輕唱的小品曲。

分不清這些「小曲子」是粗陋還是優美？也不計較受不受歡迎？我只想做一個忠誠的記譜者，把那些旋律記下來，因爲不僅只有我，還有一群與我境遇類似的人，曾經共譜那些無名小曲。

像「無患子」和「茶箍」，在肥皂未大量問世之前是家家都有的日用品。結草結子、鋸木頭樹枝、撿竹葉木屑，到煤炭行叫生煤，爲的只是讓煙囪冒煙，讓大灶不會冷清。溪邊石頭位濯衣的年代已遠去了嗎？井旁汲水的沁涼味您體驗過沒？

到山陰溪旁採嫩蕨，去戲棚下看戲，各有不同的情趣。聽說書人掉淚，豈僅替古人擔憂，更能警惕自己有所爲有所不爲；一家子圍在收音機前，聽廣播劇、聽音樂，那趣味又何嘗亞於自個兒看電視？

住臺北市城中區時，光著腳丫子上學、天天穿綴補多處的「世襲衣」，怎麼一彈指，竟變成了：一大堆穿小了的球鞋皮鞋無處可送；一大包完好如新的衣服送人都沒人要。

要知盤中飧，粒粒皆辛苦！只是我家種田的那個年代似更加辛苦！星轉月移，今日的農家，不只有了耕耘機、烘穀機，而且作物改良品種，更能抗旱抗害、收成更多。

感念最深的是母親嫁給父親後「劬勞一甲子」；最爲親朋好友稱羨的是：「兩老」度過金鋼鑽婚大慶。

傷懷著：父親喜愛拉絃自娛的景象宛然如昨，誰知如今父親已因年邁聽力衰退而封琴，「禾埕上的琴聲」再也不復可得。

還記掛著母親一見到我就叨念：「脾氣收一收吧！」下決心要改的，可是，紅燭已燃盡，母親的遺像在搖曳欲滅的燭光中，沉靜的注視我，似乎在問：「孩子，脾氣好些了吧！」。

爲母親做過七七，爲母親做過百日，可是，想起再也看不到媽媽，淚水又默默流下。記起舊日母親每看到我出了一本新書，就歡欣的摸啊摸的！那些年，她因視力減退再也看不到書裏的字，看看封面也是好的。這三幾年，在報章發表不少，至少可以出三幾本了，就是散漫不剪報。母親沒問我：出新書了沒？不過，我知道她內心裏期盼著的。

整理舊報雜誌，選出一些篇章，全是自己足跡踏過的、雙手觸摸到的，也是數十年來感覺得出來的親慈之恩、手足之愛和師友之情。屬於雙親的部分最多！是二老引領我走過那「悲歡歲月」的呀！

多少童年舊事！

三月又是掃墓季的開始，我家家族，每年都是從北往南先人的墓地一一祭掃。第一次總到陽明山公墓祭掃三伯父的墓，祭掃好，就到北投三伯母家大家聚聚吃午飯。

今年，孩子們一聽到要掃墓就歡欣跳躍，說：「我要去，我要去！掃墓可以到三伯婆家採桑葉！」

果然，週日那天去掃墓回來，孩子寫週記，題目「掃墓記」，起文是幾點就搭車，到陽明山公墓那兒，很多族人如何談笑，回伯婆家吃完飯，拿塑膠袋，採了滿滿一袋桑葉。結語是：「今天掃墓，可以採好多好多桑葉，眞是高興！蠶又可以吃得飽飽的了。」

我在爲孩子簽名時（他們每天作業都由家長簽名），感到啼笑皆非。掃墓的意義變成「可以爲蠶寶寶找到糧食」，眞是！

也難怪他們，現在都市裏的孩子，買蠶容易找桑葉難，甚至不用買蠶，自然有同學免費奉送，但是桑葉，往往想買也不知到哪兒買去。

偏偏兩個孩子從幼稚園時就開始年年養蠶，到現在一個五年級一個四年級了，揹的書包十來斤重，另又要提一個好幾斤重的雜物袋和揹一個水壺，卻還有興致空出一隻手，天天捧著小紙盒上學回家。實在怕他們太累了，想叫他們別養蠶了，可是又想：能讓他們有一個「責任感」，有一個觀察生命成長蛻化的機會，這也是頂好的，因此也由他們養去。

只是，有時要幫他們張羅桑葉，眞得「無遠弗屆」呢！以前住南勢角，靠山，鄰近有小孩去山裏尋找桑葉，我就向他們「揩揩油」有借無還。要不，跟那賣豬肉的「黑人」要也可以，他家住山腰間，種有桑樹。搬來永和這三年就麻煩了。

第一年，正好母親去三伯母家小住，三伯母家園中有一株桑樹，我去看母親，順便折了一些桑樹枝回來。第二年，叫姪兒趁上班之便，幫我帶來，今年，巧逢掃墓。還好，蠶寶寶沒斷了糧。

好幾次春天，我在菜市場中，碰到別的主婦在著急的問著：「哪兒可以買到桑葉啊！」我心中又感慨又好笑，她們也跟我一樣：期待在公寓天地生長的孩子，能擁有一份「自然」情趣。我冰箱裏雖然有桑葉，但一向大方的我，這時卻小器的緊閉著嘴，因爲，我不能將這屬於孩子的「情趣」，分給別人哪！一分，不夠的話，那麼一家無趣要變成兩家都沮喪。除非孩子們的蠶寶寶，終於吐起絲來，那時，就可「大方」地把已冰藏多日剩餘的桑葉分出去救人家的急了。

有時覺得做現代的父母、兒女很幸福，做父母的能在市場百貨店買到成山成堆的衣物、玩具、食物給孩子吃、給孩子穿用。孩子們能穿得暖暖的，挑這揀那的。可是，有時又覺得現代做父母做兒女的，總欠缺些什麼。

不錯，我童年少年時短吃少穿缺用的。我一直到小學畢業，還從未曾擁有一件長褲，要不是小學六年級搬家換學校，制服不一樣，不能再接穿姐姐的，這才做一件新的，要不然，還眞沒穿過新衣。年年做「接收大員」穿「世襲衣」。小學，不曾有過外套、棉毛衫（即衛生衣），更沒有毛線衣，能有卡其布衣穿，已謝天謝地了。怪的是我每到冬天，頂多穿三件舊布衣裳，也沒有長褲襪子穿，制服是一件頭的洋裝，居然小學六年中從來沒流鼻涕，更沒有感冒發燒。

那時經常「三月不知肉味」，四年級開始上全天，要帶飯盒，飯盒中的菜，經常是青菜、甜黃豆，或小魚乾、炒花生。那時也沒有「蒸飯」這一回事，再冷也吃冷便當，家離學校近的可以回家吃，可是我家走到學校，要四五十分鐘呢！冷飯冷菜吃起來依舊又香又甜，尤其帶蘿蔔乾炒蛋或四分之一個鹹鴨蛋時，哈，那盒飯吃起來格外的可口。

我們的便當都用報紙包著，放在書包中（書很少），有的更窮得連書包都沒有，就用個大方巾包著，綁在背上上學。我有個書包是五年級家事課，自己做的，黑卡其布，上頭還繡著一個洋娃娃。

我們家事課還學衣褲的「原樣」，每個女生必須做一件內衣（白布的）、一件黑布褲子（下頭有鬆緊帶的）。還有繡花啦什麼的。

男生勞作課做什麼？我忘了！

除了家事課，還有音樂課，每週好幾堂不說，課後還有合唱團，我是一員，常去電臺現場播出（那時沒錄音），也曾在臺北中山堂表演。

運動會也十分轟轟烈烈，競賽啦、團體舞蹈啦等等，不過我因做不起舞蹈服（其實只要一條大花手帕包在頭上，還有一件花裙子就行了），所以我被「剔除」了。

從沒有帶過水壺，我家姐弟上學的多，哪買得起鋁製的水壺？那時還沒有所謂塑膠品。那是耐渴不知渴的歲月，在學校一整天，也不會覺得口乾。當然沒有水果吃，偶爾有零錢。學校沒有所謂「福利社」，沒本子，在外頭買，沒鉛筆，也在文具店買。

對了，鉛筆用得只剩一寸來長，就上頭套個竹棍子，那時好像有專套短鉛筆的一種東西。反正鉛筆非用到「無法用」了，還得把木頭剖開，筆蕊還可運用。

鉛筆盒是木頭做的。四年級開始用鋼筆（那時也沒有所謂原子筆），藍墨水最好的是派克，鋼筆最好的也是派克。不過，我們當然沒人用得起。用雜牌的筆，墨水是買藍粉自己泡。有時還用沾水筆，說給現在的孩子聽，他們不會懂的。如果我們說削鵝毛管當沾水筆，他們更當作「不可能」。

很多童年、少年舊事，不但孩子們覺得「匪夷所思」，現在我的朋友們和學生們也覺得「不可能吧」！我成年後，就變得又木訥又呆板，但小時候，卻橫衝直撞活潑過頭了。長輩們叫我「游擊隊長」，父母兄姐叫我「矮米絲」、同學叫我「小豬」。小我三歲的弟弟，也有綽號叫「黑面」，又叫「欠牯」（客家語音，意爲頑皮的小牛兒），姐弟倆常東征西討，成天在外頭跑，不到肚飢不知回家。

我們口袋裏很少有錢，一有點錢，就去車行租小腳踏車，學騎車。那時好像不要什麼押金，但論鐘頭的，一小時大概要五毛錢（約現在十幾二十元吧），我還沒騎會，時間就到，只好再存錢，等存夠了五毛錢，再去租車子來練，一人扶一人騎，唉！時光飛逝，又是沒一下子，五毛錢又飛掉了，那時一毛錢可以買一小杯炒蠶豆，可嚼半天呢！

其實學會有什麼用，又買不起。那時擁有腳踏車就跟現在擁有汽車一樣吧，總要一筆「不小的數目字」。汽車當然很少，臺北剛有公共汽車，成人票一張好像三毛錢（以當時物價比較，車資相當貴），很多人捨不得坐，我是沒搭過的，天天上學仍然走四五十分鐘路。

搬到臺中市西區，仍然到處「十一路車長征」。田野較多，又是另一番景象（在臺北時也有田野，不過，房子的比例較大，不像臺中，出門就是水田連連）。到初中二，搬到南屯，離學校實在太遠了，這才「通車上學」，每天搭公路局，學生月票一個月好像是普通票總數的十分之一，算起來十分便宜，不過在我家仍然是筆不小的數目。尤其姐弟倆都通車，每個月要繳錢。弟弟一發憤，學會騎腳踏車，從此騎破車上學。

我到高一時，臺中市公共汽車成立，可通南屯區。有公車的地方，公路局就不許學生辦月票，而臺中公車的月票價，卻是公路局的四倍。這逼得我在一個週日下午就借弟弟的腳踏車學騎，學會了！第二天打商量，叫他騎大哥的車，我騎他的車（較矮）。弟弟當然願意，大哥的車較新些，其實也已經沒絲毫亮光，是舊車店買的三成新「二手貨」。

第二天我興致沖沖「藝不高人卻膽大」，就騎自行車上學，沒想到出師不利，那時南屯到臺中市區中心的公路還是碎石子路，我一下子就騎到田裏去，只好回去換衣服，再搭公共汽車上學。第三天仍然騎車子上學，不錯，安然無事。以後，只有一次撞到牛車，腳上掛個大彩留下一輩子的紀念（疤痕），倒也沒出過什麼大毛病。那時車輛不多，也不容易出事。

只是小毛病不斷，車胎壞了，車鏈鬆了等等，都是要錢修理的。最苦的是下大雨颳大風，還頂著破雨衣（又厚又重）上學。這時如果自行車又脫鏈漏氣什麼的，簡直會氣死人。

沒多久又搬家，我家是游牧民族，經常三兩年一搬家，而且每次搬家都是和原先環境絕然不同的地方。這回是由南屯搬到北屯大坑口。大坑口的家雖是茅屋，但到學校的路不錯，柏油路較多，騎起車子來便利多了，而且路程較近。

到高三，有回學校旅行，是全體騎自行車到剛興建的省議會，連老師也騎車。回程時，我和同學們比賽，看誰先回到學校，結果我竟勇奪冠軍，我們班上只有六個女生，我居然「領先群雄」，當然好得意。事後才知他們都把我當「小娃兒」，故意讓我的。

雖然男女同班，眞是那時自己的心態是「小娃兒」，中性的，從沒想到分男生女生，更沒想到自己是小矮子騎矮車子，居然和許多大個兒同學競爭看誰先回到學校！那回的代價是：兩隻小腿瘦一個星期。不過，日後每回憶起那一路從霧峰「踏輪」奔馳回臺中自由路，便覺得心境又飛揚起來。曾經「野」過，也是件快樂的事。

現在每次吃晚飯時，孩子常要我說我小時候的事情，我很多事都說了，連玩火挨父親敲栗子的事也不隱瞞，但是，就不敢提起自己騎車的「英勇史」。兩個孩子都很喜歡騎車，我曾向收買舊報紙、廢銅鐵的小販買過一輛舊的小腳踏車給孩子騎，他們學了幾天，也就會了。可是老大頗有「乃母之風」，騎車也是「不帶眼睛」的。問題是：我那年代可以稱霸，沒有機車，很少汽車，但是現在滿街滿巷的汽車機車「奔騰」，因此後來這小自行車車胎沒氣了，我就不再找車店修理（車店很遠），小孩們也沒法子騎了。我當然不能提自己騎車冠群雄的事，免得他們「見不賢思齊焉」。

還有很多事我也不敢跟孩子說。譬如：我放學時，回家的路是迂迴的；譬如：到淡水河邊摸蜆抓螃蟹；譬如：牽著陌生大人的衣角進西門町的電影院。……太多太多了。

孩子們現在回家的路是「直線」的，每天有聯絡簿要家長簽「到家時間」。舊時的孩子在外頭只有一怕——怕鬼，天黑就回家，現在的孩子不用怕鬼，卻怕「人」——千種萬樣的「人」，莽撞的駕駛員、心神不寧的惡魔、不良惡少……，太多太多了。

舊時的孩子是土雞，天廣地闊，任其遨遊，但天黑了一定回雞窩，現在的孩子是飼料雞，關在籠中，受「場雞」教育，超量的食物、窄小的雞舍，從小就給「速食飼料」，注射這個預防針那個營養針的，但是一旦到外頭，就無法適應了。

有時我常想：雖然我小時在吃、穿、用上十分短缺，但是沒有半點壓力感，我擁有金色的童年，鑽石般的少年，精神上十分自在。而現在的孩子們，從幼稚園就有「天降大任」的壓力，住的是侷狹的空間，接觸的除了物質文明還是物質文明。他們在這狀況下成長，將來眞能擔當大任嗎？天曉得。

我常讓孩子們養一些小動物，貓、狗、烏龜、小鳥、雞、瓢蟲、蠶、果子狸……，讓他們從小動物身上去體會「自然」生物，讓他們有「所屬感」。

小女兒曾笑著罵蠶寶寶：「好吃鬼，吃那麼快……。」也曾睡前，把小巴西烏龜放在床前盆子中，說：「小乖乖，明天見！」天一亮又立刻審視餵食「小玩伴」。

兒子每天出門，兩隻狗就送到門口。放學回來，人還在老遠，狗兒就聽出小主人的腳步聲，直抓門，歡天喜地的等待，有時，兒子會跟咪咪玩捉迷藏，有時抱著咪咪在膝頭，彈鋼琴給咪咪聽。假日更帶狗出去轉大半天，抱貓給鄰居小孩看。

孩子們也觀察兔子如何吃東西，如何哺育小兔子。他們又伺候過生重病的果子狸、哀悼金魚的死去。

很多人問我：「常養這麼多小東西，不嫌麻煩？」

只要能減輕孩子們「現代」的壓力感，有什麼怕麻煩的。所以，他們養蠶，我就想盡辦法為蠶找食物，使孩子們不用擔心蠶沒有桑葉吃。他們養兔子，明明兔子每個月要吃掉不少食物，我也「賠」上一兩年，讓他們養好長一段時間才設法送走兔子。送知更鳥、送兔子、送小熊（狗名）走，也曾使孩子們想念好久。所以後來，我盡量不再養會「傷感情」的東西。現在家中還有一隻貓、一隻大烏龜、兩隻狗，還有數隻吐絲作繭中的蠶。隔些時日，蛾破繭而出，交配、下卵。再隔一年，小螞蟻似的蠶又出來，我又開始再為桑葉而煩惱，那時再說吧！

七〇年四月號快樂家庭月刊

回憶的軌道

輕便車

剛光復時，我還幼小。父親在臺北工作，因此，父親帶二哥、二姐和我到臺北住。二哥上夜校，二姐晚上學裁縫。有時晚間父親又去找他的粵曲同伴合奏，因此家中竟只有我一個人看家。我才五六歲大，心中害怕，常把門鎖起來，自己一個等著等著就睡著了。父親兄姐們回來，不得其門而入，只好從隔鄰家借過，從後面攀爬進來。

雖然如此，我和二姐仍然最親近。

二姐教我看鐘，認幾點幾分，教我唱歌，甚至如何拿針線。後來母親、三姐、四姐也從中壢搬來臺北同住，沒多久，二姐就出嫁了。由於離開母親有段時日，和母親生疏起來，二姐又出閣，當時的我，幾乎失去了怙恃一般，十分不習慣。因此常要求父親帶我去看二姐。

二姐嫁的地方不近，在崙平（桃園觀音鄉）。去的時候得先到中壢大姐家，然後第二天再從中壢市場旁搭「輕便車」去崙平。那時去崙平沒有公路，當然也沒有公車。輕便車，也就是小鐵軌的臺車。臺車有時一次兩車、三車一道兒走。每車載三、四個客人，加上一個推車的車夫。臺車四角有柱子，讓坐車的人扶著。

崙平是一個很鄉下的地方，二姐夫家在當地算得上大戶，但是家族龐大，家產一分，也就沒多少了，二姐夫又不肯下田。可憐的二姐，從播種、插秧、芟草、割稻、打穀、曬穀一樣樣學起。原本細皮白嫩的二姐，變成又黑又瘦又乾。後來二姐懷孕生孩子，產期照舊裏外一把抓。那孩子養得跟小猴子似的，一張臉光只看到一對大眼睛，整個人瘦小得不像個人樣。

母親常感嘆：「養孩子養得『著猴』，唉！」母親很後悔把二姐嫁給二姐夫。怪父親看錯了人。因為二姐夫曾是父親漢文班高足，寫一手好毛筆字。好學生並不一定是好女婿，尤其二姐夫有「公子哥兒」的脾氣，田裏的事全不管，孩子的事更不管，成日遊蕩。

我去崙平，常看二姐背著孩子東忙西忙，除了田裏的活兒，又養一大圈豬、一大群鴨子。我們一去，她就宰隻鴨子，煮熟了，一半當午餐的主菜，另一半用鹽抹好要我們帶回家。後來母親不讓我常去，媽說：二姐田裏事多，家境又苦，我們娘家的人常去打擾不太好。去大姐家倒無所謂。

因此，搭輕便車便成了我奢望的一件事。尤其我上小學之後，頂多寒假暑假各去一次。後來我們搬到臺中，離中壢更遠了，二姐因爲孩子多，事情繁，她自己又久沒搭車，一搭車就頭暈，因此不能回娘家來。我又不能去，居然有七八年沒見著二姐。

我上高中時，同學不知從哪兒要來一本黃曆，上頭有幾年幾月幾日幾時生的人，命有幾兩又幾錢的。我回家問母親二姐的出生時辰，算一算，總合竟然不到三兩，幾乎是「乞丐命」。大姐則有五兩二（愈重者命愈好，四兩算中等，我自己是四兩六）。

我算了後，好沉重，心想二姐的命眞悲慘。那時家中情況也不好，父親早就因病辭去公職，有些積蓄又爲人作保賠光了。有時吃了這一頓，下頓飯的米還不知怎麼跟米店開口賒欠才好。我們也沒法子常去看二姐。

二姐夫則常來，他每次一來母親就要說他：「不要只顧自己駱駝（亂遊蕩），家裏要多看顧點。」

二姐夫沒脾沒氣，仍然常常來。有時還拿一隻半隻醃得鹹死人的鴨子或雞。二姐每次「下鹽」都重。有時則帶幾件二姐的衣服來。因為中壢人的規矩：娘家搬家，出嫁的女兒一定要在數日內回去，如果不回去，以後就不能踏進娘家大門。此外，兩年必須回去一次。如果人沒法子回去，「衣服」必須「代表人」到才行。

一直到我中學畢業，二姐都只有「衣服回娘家」（這習俗視各地而異，臺中是十年）。

後來，我又到北部住。二姐呢，則離開崙平到埔心開雜貨店。我偶爾去，每回她都大包小包的東西叫我帶回家。有一次，二姐最小的女兒因意外落水夭折。二姐痛不欲生，受此打擊，有一長段時間，身體更差。我每次見了二姐便覺得：二姐眞命苦。

我教書後，因為又到臺中，而且忙，就沒再去二姐家。印象中，二姐的那一群孩子還是個個猴子似的。沒想到有一天，她的老二穿軍裝跑來我的學校宿舍。原來他去讀士校，人像吹氣似的，一下子又高又壯，十分雄赳赳氣昂昂。

紘甥（二姐的老二）讀士校畢業，又服完役後仍常到我家，我已結婚，而且一再搬家，不過他仍然找得到。後來他結婚生子，孩子彌月時，堅持要我這做「姨婆」的去吃滿月酒。

我一方面又多年不見二姐，另方面也想當當「姨婆」的滋味，於是包了個紅包，搭火車趕了去埔心。大哥二哥是「舅公」，本省人，舅公和母舅都最大。所以他們也去。

二姐看到我去，高興得直掉淚，抓著我的手，仔細端詳一會兒，竟露出憐惜的神色。我吃完滿月酒，要北上，二姐不但把我包給她孫兒的禮金退還給我，還另外包一大堆她店中的雜貨給我。我也弄不清這是什麼「禮」，連吃帶拿的。回家的車上，發覺二姐卻不拿東西給兩位哥哥。於是問他們，二姐怎麼回事？

兩位哥哥先也不明白，後來看我一會兒，笑起來：

「一定是你穿得太隨便了，她以爲你最好的出客衣服就是這一套，錯認爲你結婚以後日子不好過。她現在每年也常叫二姐夫和外甥們送東西到三姐家呢！」

三姐這些年是非常困窘。可是在我的感覺中，總認爲二姐和三姐都婚後「命苦」，沒想到今天倒反叫二姐同情我日子過得很緊。不過我自己也太可笑，以爲去埔心二姐家，是窮苦的鄉下地方，隨便舊衣灰裙子舊鞋（也沒新鞋就是了），一穿就去。結果席間二姐夫家的親戚，紘甥媳婦娘家的親戚都穿得十分光鮮，我去一比，眞的是夠寒酸。

我卻忘了：二姐當初嫁到鄉下，能吃苦、肯耐勞，胼手胝足奮鬥數十年，如今兒女都長大，她早已是一個「福祿雙修」的老太太了！怎可能還是窮苦的呢？

聽哥哥說，二姐在崙平的田還保留著，如今正好是在公路旁，馬路拓寬，地值以「坪」計，拿不穩，她現在是「千萬家當」。

崙平有公路了？哈，我也眞沒用大腦仔細想。早就聽紘甥說「回崙平，要搭桃園客運」。輕便車應該早已沒了？

沒了「輕便車」，少了那份悠然的回憶，不過，人不能貪心要求自己享受更高的物質文明生活，卻要別人保留以勞力推臺車來討生活，是吧？沒了輕便車，去崙平的一路上，畫面應該是更美了吧？

火車快飛

我出生於中壢，那時大姐已出嫁了，而且她的大女兒與我同年出生。所不同的是我生在貧家，而大外甥女卻是出生在富豪之家。大姐夫家在中壢是「望族」。

父親生性硬骨頭，因此雖然大姐夫是看上大姐而託人來作媒，父親也沒因親家是富戶而要聘金什麼的。大姐婚後，由於在大家族中當大媳婦，倒反而更累，上有公婆，下有小叔小姑，什麼事都得做，沒半點經濟大權，更不要說拿什麼接濟娘家了。

所以我出生後，經常挨餓受凍，而大外甥女、二外甥女與我年齡相仿，吃用都很好。不過，由於離他們家不遠，我們仍然常玩在一道兒。

後來我們搬到臺北，大姐一直住中壢，我們常去她家住，她的孩子也常「回外公外婆」家。有時一住數日。

妙的是我和二外甥女（比我小一歲）長得十分相似，簡直是雙胞。有一次我在大姐家住，因穿二外甥女的衣服，還叫大姐夫誤認為是他自己的女兒，叫半天我不應，差點打我。

大姐夫雖然家道富有，不過仍有古老的觀念，認爲女子無才便是德，主張女孩子要多做家事，少念書。也因此，與我同齡的大外甥女於初中以優異成績畢業之後，就留在家中幫忙，不能升學。不像我還能一路升學上去。後來大外甥（較二甥女小一歲），因成績不好，初中轉了好多學校都念不來，大姐夫這才「兒子指望不到，指望女兒」，讓二甥女三甥女相繼升學。她們兩個也爭氣，高中畢業後，又考上大學。

我因高中畢業後家貧而中止學業一段時間再升學，住臺北二哥家，這時二、三外甥女也同時在臺北求學，我們三個同住一道兒。有時她們假日回中壢，我也跟她們一道兒去。不過，我較忙，因爲必須工作賺錢來支付學費，所以三個人雖然容貌相似，境遇卻不一樣。我常忙著工作，她們常忙著玩。穿著上更成爲強烈的對比。我在學校裏就曾被人批評「好土」。我揀著嫂子、姐姐們、甚至甥女們不要的衣服穿。而甥女們，穿的往往是高級貨，一套又一套，不計其數。

所以我們在一起，儘管臉孔相像，穿著卻有天淵之別。不過，我們之間的親情仍然非常好，情同姐妹。甚至於到後來我結婚，伴娘就是二甥女。

我們三個出校門後都到中學教書，一人一處，再也不能常在一道兒玩了。尤其結婚後，更不再見面，一晃數年過去，和我貌同雙胞的二外甥女有三個女兒，而我也有一兒一女。我又由中部搬到北部，忽然聽到二外甥女病重休職。

我根本無法相信。記得她中學時幾次代表學校參加縣運。她每次要參加田徑賽前一晚，睡覺一定要把腳跟放在疊好的棉被上，說什麼可以增加第二天的田徑賽成績。她一直是體育健將啊！而且從小營養良好，怎會病重得不能教書？

一直想去看她，可是我自己拖兒帶女，身體也不好，三拖四延的，沒想到還沒去看她，竟再聽到她已病逝的消息。我頓時整個人失去了鬥志，她與我，雖然名份姨甥，雖然家境懸殊，但是，自幼小就一道兒，成年後還有很長一段時間在一起，更何況，我們容貌又那麼相似。而最可怕的是，我婚後，身體也一直壞下去了，我會不會也「天有不測風雲」？

幾乎有好長一段時間，二外甥女的影子一直在我腦海中晃著。每次搭車在縱貫鐵路上，車過中壢，我便想起從小就和二外甥女常在這車站出出入入，如今，她已不在人世。世事如白雲蒼狗，眞是不錯。我小時候還一直感到我和二外甥女長得一個模子出來似的，但是我一直清寒，她一直富裕，我那時還覺得自己命眞苦，她的命眞好！

命好，命壞？原來不是從表面來看，更不能從一時去判斷！漸漸的，我了悟了這一點，也就不再消沉了。

五分仔車路

過年前，在大姪兒的結婚筵席上，見到七姑和她的么兒和小孫子們。七姑和十幾二十年前一樣，沒有變老。這話，不如說：二十年前的七姑，十分蒼老！

七姑丈在日據末期被日本人強徵去當「志願軍」，留下五個兒子一個女兒給七姑，然後一去沒有音訊，八成是戰死了，或在蠻荒叢林餓死了也說不一定。

七姑辛辛苦苦扶養六個兒女。住在極鄉下的地方。那兒，沒有公路，也沒有輕便車，不過有糖廠的「小火車車路」。我在臺中念中學時，每回新年年初一，要去七姑家「帶阿姑回娘家」，就順著這俗稱「五分仔車路」—即小火車路走。

走小火車路，當然走枕木上。有時好玩，就走鐵軌，我和弟弟愛在鐵軌上比賽誰支持得較久不摔下來。不過，過溪溝時就提心吊膽，安安份份走枕木上了。底下流水淙淙，深怕不留心一腳踏空，跌到溪裏去了。

走這種鐵軌，不用擔心火車會來，因爲這種火車只有在甘蔗收成或特殊原因時才開，平常根本數天沒有一班車過。

七姑家屋前有兩株荔枝。每年夏天，我們走五分仔車路去七姑家，爲的是要摘荔枝吃。我高中時，家裏十分窮，七姑家比我們強一點點，也好不到哪兒去。不過，她家有田，不用怕沒米下鍋，而且逢收割插秧，就會做艾粿、紅龜粿之類，七姑一定會不辭辛苦的走好長的五分仔車路，拿一些糕粿來給爸爸吃。父親每年生日，她也一定記得，總買隻豬腳、兩只麵線來。

我常記著父親的話：「沒錢並不一定窮，像我們兄妹感情都很好，這就很富足了。」

我想想眞的很對。七姑她們家窮，我們也窮，不過大家還是相扶持，感情十分融洽。

後來七姑的兒女一個個成家立業，她最小的兒子高商畢業後，考普考通過，進入一家塑膠公司當會計。沒幾年，因爲塑膠公司大賺特賺，我這位表弟分很多的紅利，於是日子好過多了，接七姑去同住。七姑這下可享福了，人無憂無慮滿面春風。怪不得，不比二十年前老。她現在已六十多快七十了吧！

看到她，又回想起那條五分仔車路。當年的貧苦，反而是一個溫馨的回憶。

（明道文藝）

那個年頭

現在臺北市城中區，眞的是寸土寸金了。剛光復時，幾乎都是矮屋木樓，空著的很多，隨便你去佔住。因爲城中區是日本居民較多，他們一吃敗仗投降，急著回國，房子就這麼空著。日用品糧食又奇缺，竟有人家以一棟樓房的房地契來換得一隻鵝來塡飽肚子的。

我家原住中壢，光復後，父親任職省府，當時省政府在臺北。可是，母親卻因大哥被日本人徵調到海外當兵，多年沒有音訊，母親盼著大哥倖而能活著，盼著大哥光復了能回到臺灣，怕大哥回到中壢找不到親人，因此不肯隨父親到臺北。父親沒法子，只帶二姐（大姐已出嫁），二哥和我先北上。輕易的在北門附近找了幾間空著的屋子，挑一間木樓房就住下來。

白天，父親上班，二姐去學洋裁，我和二哥看家。二哥很上進，就去念初中夜間部。父親雖然是公務員，不過薪俸有限，我們兄弟姐妹多，父親跟二哥說：如果自己要念中學，學費就要自己設法。那年頭，也很少人家子弟上中學的。

十五歲的二哥就經常回中壢，拿些自家種的瓜菓菜蔬到臺北，白天帶著五歲的我挨家挨戶去問：「要買菜沒？」

通常，菜蔬較容易賣完。但有一次，我們賣葡萄，我們中壢屋後有個很大的葡萄架，種二株葡萄，每年夏天結很多葡萄。二哥就把一串串果子剪下來拿到臺北，帶著我，蹲在延平路口鐵道旁，向過路的人招呼：「要買葡萄沒？」

但是，人來人往，很少停下腳來，那年頭，不時興吃水果，人人窮困，哪來閒錢買葡萄？我們那一竹籃的葡萄，好像賣了兩三天才賣完。

二哥每次回中壢，除了搬菜蔬來賣，另一方面，陸續把中壢家中的東西逐件搬上臺北。他個兒不大，力氣卻不小，每回用扁擔籮筐挑一大擔東西。媽常說二哥是最顧家的孩子。他是小孩，坐車又省錢。

有一回，我又和二哥出去賣菜，賣到快中午賣光了回家，卻看大門開開的，鎖被撬開，家中遭小偷了。最值錢的縫衣機沒了，父親上班換穿的衣服也被拿光。二哥呆呆站在屋裏，半天說不出話來。那年頭，房子空著沒人要住，但縫衣機、衣物比什麼都值錢，有縫衣機的人家很少，那是謀生的工具，尤其二姐一心巴望學好了洋裁，就可以幫助家計，這以後，只好用手縫的了。

二哥在夜校中聽同學說：臺北師範要招公費生，而且擴大招生，以儲備將來建設臺灣的國民教育師資，第一次招四百人（日據時，本島人即臺民，名額有限），報考資格是初中畢業或公學校高等科部畢業。二哥在日據時念完公學校小學部六年又升高等科，只讀一年已光復（通常是兩年修業年限）。夜校又讀不到一年，因此資格不符合；不過二哥公學校的老師很幫忙，開一張高等科臨時畢業證書給二哥去報考。

那是光復後，臺北師範第一次招生（時民國卅五年），報考的人近萬，只取四百名，考卷仍考日文。口試時則有翻譯，主考老師是國內來外省籍老師。

二哥居然能在眾多考生中上了榜，而且列第二十名，我們一家當然很高興。這時，二姐已出嫁，母親盼大哥盼不到，只好帶三姐、四姐和弟弟也搬到臺北住。

二哥入校那一天，背了棉被和日用衣物，走路到學校去，那時沒什麼公車，人力車又昂貴得很，我們家不曾有哪個坐過人力車。火車或輕便車（臺車）到不了的地方，再遠都用走路的。

二哥上北師才一個星期，星期六下午，又背著棉被和衣物包回到家門。父親看了臉色大變，責問二哥：「你在學校鬧事了？」

二哥一臉驚疑，回答：「沒有啊！」

「還講沒有？」父親怒不可遏：「要沒有，怎會被學校退學？」

二哥更一臉莫名其所以然：「我沒被退學啊！今天老師說我們可以休假，明天星期日也休假，我就回來了。」

原來二哥這土包子，以爲星期例假回家，該把自己所有的東西搬回來。而父親所以那麼緊張，是因爲父親也是北師畢業的，北師在日據時，本島學生（臺籍）常和日籍老師校長起大衝突，有時一被退學就好幾十個。父親看二哥「全副裝備」回來，以爲二哥不爭氣，臺灣光復了，北師的老師大多數是自己人，怎可鬧事被退學呢？

那一學期結束，二哥還做了一件妙事，他回家，用扁擔挑著東西，一頭是棉被衣物書本，另一頭是一籮筐的白蘿蔔。原來他們宿舍前很多空地，每個宿舍各有學生各自種的菜園，種些菜蔬蘿蔔平時好加菜。放寒假了，菜園裏的蘿蔔沒有拔完，有的同學住在中南部，有的是有錢人家子弟不稀罕，「最顧家」的二哥覺得那些蘿蔔丟在園中可惜，全拔了起來，借個籮筐裝（那時竹筐倒很便宜），從學校挑到家裏來，路程不近，即今天和平東路的省立北師專到北門口。

三十六年初，失去訊息多年的大哥，突然回臺灣，七問八問找到臺北家門口，瘦得不成人形。他青少年就被日本人強徵去當少年兵，成年回來，也沒什麼一技之長。母親想了想，替大哥在城中市場（今沅陵街市場）尋了個攤位，每天大清早去中央市場批發些菜來賣。賣了約一年，有點盈餘，才買一輛「自轉車」——即腳踏車。那時的自行車沒有氣胎，輪子硬梆梆，而且那時臺北市大多數的路不是碎石子路就是泥巴路，騎「自轉車」在上頭走會「跳舞」，大哥怕把車子跳壞了，因此載菜都是用手推著走，較平坦的地方才上去騎。那年頭根本很少手推車，一般賣菜人家用擔子挑。大批的則有的用牛車運送，有的是由苦力挑送。

三十六年暑假過，快足七歲的我要入學了。上學前一天，大哥才教我認自己的名字怎麼個寫法。二哥把公費節餘的錢買了簿本鉛筆給我。我上學時沒穿鞋子，連布鞋都沒有。

照理說：父親是公務員，大哥做生意，我家應該是「中產人家」，可是，班上大多同學都是光著腳上學，我也不例外。那時三餐還沒有頓頓白飯，父親的機關配給一些黃豆，母親買來一大麻袋番薯籤。我們的三餐，吃的就是「黃豆番薯籤飯」——眞是營養，怪不得我小學時又白又胖，只是那時對這種雜糧飯深痛惡絕就是了。

父親從光復不久，就常和一些同好，每晚聚在一起彈奏吹弄國樂（那時叫廣東曲），我常跟著去，其中一位父親的「伙伴」是我們遠親——東松哥，他就是「燒肉粽」的作者，他也住附近，在北市女中教音樂，樂團伙伴中還有剛來臺灣的外省人。他們常上臺灣電臺演奏播出，有次還上中山堂正式演奏。前數個月，再在某報副刊上看到一篇現今琵琶名手寫篇文章，說民國三十九年，臺灣才在中山堂有第一次國樂演奏。那是不正確的，我的父兄在卅六、七年就經常和同好合奏，而且好幾次公開演奏。我和姐姐弟弟，也是從小就摸國樂器。那些國樂器，好幾樣是日據時，父親託人從「唐山」——祖國帶來的。我最喜歡彈揚琴，因爲容易學，聲音又清脆好聽。

一入夜，我們家要不就寂靜沒聲（到別家合奏去了）；要不一大堆人在那兒又彈又拉又唱又吹，十分熱鬧。

不過時局日漸惡劣，幣值猛跌，父親每月領薪，竟要用米袋子裝——別羨慕，那幣值跌得十分悽慘，領一大袋鈔票回來，換不了多少米。更慘的是我家遭了火災，那房子，原就是「借住」，地屬於國有，這一燒，我們幾乎無家可歸，經過借貸，再加上公家補助，買了棟房子。但是，父親的國樂伙伴經此一燒（那次燒了七十多戶人家），散了。這時，是卅八年秋天，也就是大陸淪陷那一年。

從卅八年到現在，一晃卅年過去。回想光復到卅八年這數年間的生活，和現在比眞是天地之差。吃的、用的、住的，乃至於行或教育、娛樂一切一切，都完全不同。

古人常說卅年風水輪流轉，這句話倒是不假。三十多年前，臺灣極爲破落，人們生活也很艱辛；一轉眼，變得幾乎人人生活得很好，大家過得很安逸了。

前些日子，二哥來我家吃飯，我煮番薯飯，兩個小孩子搶著吃番薯，不肯吃飯，二哥笑著跟我說：

「跟你小時完全相反，記得你小時候嗎？」

當然記得，那米糧不足，從沒有新衣、沒鞋子穿的童年，我不會忘記的！我更不會忘記和二哥挨家挨戶去問「要買菜瓜沒？」的景況。

六八、十、廿六・華副

拙樸豐盛忙過年

出生到現在，過了四十個春節，留在腦海中最鮮明的過年，既不是童稚無愁的前十年，也不是成年後，自己有經濟自主能力的二十年。印象最深、最難以忘懷的是第二個十年，少年、青少年階段。

十二歲開始，住在臺中鄉野田間，也許村野中過年，更有年節的氣氛吧，不過那時，家境十分困窘，因此，年節時的忙碌歡樂，彌足珍貴。尤其過年前一些時日，正是我們這些「半大不小」孩子樣樣能幫襯做事的時候。當時固然勞累不堪，但化成日後的「回憶」，卻是一幅又一幅美好的畫面。

寒假開始，也就是「勞動季」的開始，臘月，朔風正緊，但我們趕著曬製醃菜。曬蘿蔔乾最累人，一堆堆小山似的蘿蔔，先在溪裏頭洗乾淨，然後在大米籮中剖成長條或分切小塊，切好了，拿到田壠上，先舖好「草袋蓆」（稻草編的），把切好的蘿蔔灑放平均。到晚間要收回，搓鹽巴，搓到軟才放到大水缸中或大木桶中，放滿了，上頭壓乾淨的大石頭。第二天再把已生水的醃蘿蔔拿去曬，周而復始，到曬乾爲止。

同期種的蘿蔔不會同一天成熟，總要找熟的大的拔，所以有時一田壠上或空地上，這一角落曬快乾的已發出誘人香味的褐黃蘿蔔乾，而另一塊地上，卻是雪白的初切的生蘿蔔塊。有時更整根蘿蔔曬，那要天氣絕頂的好，否則會醃不成。

臘月曬的蘿蔔乾，留著來年整年吃，有的更放著準備越年，愈陳愈香。做得好放在小口酒罈子中，放上三四年，七八年甚至十幾年都不會壞。而且據說陳年蘿蔔乾（整根不切醃曬成的才行），具有治療多種疾病的藥效。

曬芥菜較簡單，我少小那年代，還沒聽過什麼農藥，芥菜跟蘿蔔一樣，天愈乾冷，長得愈好，吃起來愈甜美。當每株芥菜有尺半兩尺高之後，就在一天中全拔下來，先讓它在田裏曬一天，等傍晚才收回，搓揉加鹽巴，然後用腳踏，放一層芥菜灑一層鹽，一個人放芥菜一個人踏。我們小孩當然擔當「踏」的工作，邊踏邊唱歌，「苦中作樂」。第二天再把芥菜拿去曬，然後天黑又收回天亮拿出去，直等到芥菜變褐色，全曬乾爲止。那，就是霉乾菜了！

愈往年底愈忙得緊，除了田裏的事，還要忙著磨米做糕粿。推磨子才眞正是「天降大任」。臘月二十三、四，一定得磨糯米做年糕，太慢做年糕軟軟的，過年時不好祭拜天地祖宗。

我家小孩多（姪兒們多，新年時與我年齡相近或較小的外甥、外甥女們也全部會回來），糕粿一定得多做，光是年糕就要一兩斗糯米。糯米先一個晚上就洗好浸著潔淨的水，等第二天，和弟弟用扁擔同抬著帶水的糯米去鄰家借人家石磨磨米。

鄉下所謂的「鄰家」，不是三五步路，而是一兩千公尺外。抬米還算小事，推磨才累人，一兩斗米加上水，磨下來，沒兩個小時磨不完。我和弟弟逃不掉推磨的「重任」——不折不扣的重任。尤其做年糕要磨的米最多，總是推磨推到兩眼昏花，兩臂痲痛，仍未能盡全功，年邁體弱的媽媽有時不得不「替手」一下（媽媽生我和弟弟時已中年）。不過多半是媽媽舀米，我和弟弟兩人合推石磨。

磨好水米再把那兩大布袋的「米漿」抬回家。然後用扁擔壓米袋綑在長凳上，有時壓大石塊在上頭，袋口當然要綁緊，整布袋不能有絲毫破洞，否則你第二天起來看，米漿準全流光了。袋中的米漿壓一夜，水分壓差不多，第二天，就要搓揉那已成「黏土」似的米漿。然後剁一塊塊如巴掌大，放到糖水鍋中攪拌，這時已沒我們的事，甚至我們走得愈遠愈好！

因爲攪拌年糕或蒸煮糕粿的過程中，絕不能亂講話，「水」字不能說的，說了，糕粿做出來「水水的」。蒸鬆糕（發粿）時不能提石頭、水等「不吉利」的字眼，蒸紅糕（紅龜粿）時則不能提「流」「水」「發」等字，蒸……。反正，在「動火」用灶那階段，我們小孩最好不要在那兒多嘴多舌就是了。

到年二十六、七，該做紅糕和艾糕了。紅糕包括錢糕、紅龜糕，在包餡做糕型時，我們當然要幫著做，通常由我印模子，包餡由母親包。弟弟笨手笨腳，搓揉米漿團好了。當然這之前的磨米工作仍由我和弟弟包辦。

到年二十八、九，就做蘿蔔糕、菜包。因爲這兩樣最不能擺久，舊時沒電冰箱（聽都沒聽過），東西不能夠放久的只有慢點做，或加多鹽、糖，隔三兩天一再重複蒸煮過。

到除夕那天，雞鴨要宰殺、要洗除夕夜和新春初一一大早的菜蔬（初一早晨不能動刀子，所以要先準備）。殺雞還好辦，殺鴨殺鵝才傷腦筋，那細毛很難拔乾淨，拔一隻鵝毛或鴨毛，少說要兩個小時以上，也夠叫人頭昏眼花了。舊時沒看過電動脫毛機，連電鍋都還沒問世。

除夕下午，要提三牲去土地廟拜拜，也要提三牲到祖居祭拜祖宗。我高中時，除夕去祖居祭祖的大責任就由我挑起。把三牲籃綁在自行車後面座架上，然後騎三十來分鐘碎石路，到祖居，規矩要和伯母他們同時拜祭先祖。由於我常到得較早，所以就在祖居屋前屋後穿過來跑過去。祖居很寬敞，茅草頂、泥磚壁抹白灰。屋前有兩棵柚子樹、幾株梅樹，那時正是開梅花的季節。回祖居總想起學校裏唱的「憶兒時」那首歌，歌詞中有：

「茅屋三棟、老梅一樹，樹底迷藏捉……。」

那首歌跟我祖居十分相似。當時只覺得好玩，但後來，年紀愈大，愈覺得唱「憶兒時」就有莫名的感情，尤其六、七年前祖居被伯父們賣掉之後，更是想起來就滿心惆悵，益發覺得以前回去祭祖，沒多多仔細看看先祖父留下的房舍，實在是大憾事。

除夕夜，滿桌的食物，一家三代，父母、兄嫂，我們姐弟、姪兒們，坐得滿滿的。這時，在遠處工作的二哥、三姐、四姐都會先一天趕回來過年（大姐二姐早已出閣）。

有一年除夕，已傍晚了，我一面洗芹菜一面傷懷：四姐不能回來了，四姐被輪調這一年派去馬祖前線服務，那麼遠，她不能回來了。我不敢把自己的感傷說出來，因爲母親始終就不贊成四姐去那麼遠服務，原叫她辭掉工作不幹，可是四姐說：必須忠於工作，而且那時我們家境很不好，一般工作也難找，她那工作待遇優厚，辭了可惜。所以她還是奉派到馬祖去了。

我正邊在溪邊洗菜邊傷心著，忽然，「老黑」歡悅的低叫，我回頭看，哇！四姐拿一個大包包回來。我趕緊去接。哇，四姐帶好大包馬祖的蝦皮和淡菜回來，蝦皮整整十斤（後來我們吃了好久）。媽媽正在廚房燒菜，一看四姐回來，高興得連話都說不出來。還是爸爸鎮靜，問四姐：

「不是寫信說不能回來過年嗎？怎麼又能回來？」

「加開了一班船嘛！昨晚就到基隆，我今早搭火車，好容易才擠上車，總算到家了！」四姐說。

那一晚，我們都快樂得不得了！那股歡欣，到現在回想起來，感覺依舊存在。甚至那馬祖蝦皮的香味，現在回想起來，仍然是有生以來最香最香的蝦皮。尤其在日後經濟好轉，買再好的蝦皮，也沒那晚的香，母親抓一把四姐剛拿回到家的蝦皮炒嫩碗豆莢，那種香，永遠難忘。

依稀記得，除夕夜的壓歲錢，我好多年停留在五塊錢。直到高中才升為十塊。十塊錢，不夠看兩場臺中一流戲院的電影。從中學後，壓歲錢才不再被收回去。但那有限的錢，也不能「開懷」的去玩些什麼或買些什麼。因此，少時領有限的壓歲錢，更覺得重要了。

我們家的春聯沒買過，那是父親自個兒將紅紙裁好大小，自己寫的。竹扉上貼的是「桃符又見一年春」，門兩旁的對聯和橫聯也只是「爆竹聲中一歲除，春滿乾坤福滿堂」等等。貼上去就要費一點工夫，因爲牆壁是泥塊牆，而且剝落不平，紅紙貼上去高高低低的，還很難黏得住。三幾個星期風一吹、雨一下，紅紙就掉下來。但爸爸仍然每年除夕一大早，研墨裁紙寫自家的對聯。父親的字有樸拙之氣。也許是因爲那樣，我自己成家之後，每年過新年一直沒法貼門聯，市面「匠」氣太濃的春聯，我不屑一顧，自己的字被朋友笑謔「亂得自成一格」，不能寫出來見人。父親已老邁，我也不好求他老人家寫，所以，只除了「春」字，從沒貼任何春聯。朋友中不乏字寫得好的，可是都太好了，太工整了，失卻「樸眞」的味道。我還喜歡少年時，新春家門口那樸拙的春聯。

少時新春初一、初二，我和弟弟都跟父親去眾位姑姑家「帶路」，小學住臺北，離眾位姑姑家遠，沒法子去，中學住臺中，二姑、三姑、八姑住大坑，七姑住七張犁，九姑住豐原，因此，我和弟弟就輪著跟父親，去各位姑媽家（其他位已作古）請老姑媽們回娘家。她們也各有兒女婿媳外孫內孫，各自要忙著接待回娘家的女兒，不一定會回娘家，但我們是一定得去的。那是規矩：新春接阿姑或出嫁的姐妹、女兒回娘家！

大姐一定年初二回來，她不用我們兄弟「帶路」，自己就和大姐夫帶孩子們回來，二姐有好幾年身體不好不能搭車，就沒回娘家。但二姐夫常帶外甥們回來。大姐有八個兒女，二姐五個，一大群人回來，把我們破蔽的草屋，弄得熱熱鬧鬧的。吃飯時大人一桌小孩一桌，十分盡興。有時老姑姑們，表哥表姐們也來了，伯父叔父們有時也會來，那更是歡笑聲塞滿草屋裏每個角落。

新春時，我們也常回祖居。祖居的門聯都是大伯父自己寫的，大伯父的字秀逸，我總覺得跟古樸的老屋不太對稱。尤其老屋雖然茅草頂泥磚牆，但很大，是三合院，正廳旁左右各有三間，兩廂又各有四間屋，我總認爲這種房子貼的春聯，應該像父親拙厚的字才「風格相近」。大伯父的字太秀氣了，堂兄堂姐們的字也都如此。甚至堂姪兒們（和我年齡相近），也個個不像「山裏人」。那麼多房，那麼多兒孫，全回祖居，更爲熱鬧十分。年紀大的，男的一堆話時局，女的一堆說家常，年輕的忙著弄菜弄水糕粿吃喝，年少的在山園裏跑來跑去。

就這麼一年又一年，我們年少的也成「青年」，老的更老，少壯的也兩鬢漸飛霜。漸漸的，我們的草屋沒了，祖居也沒了！不要說族人，我們親兄弟姐妹就各有各式不同的家。我結婚後沒再做過糕粿，弟弟娶弟媳後，也不曾再推過石磨。媽媽逢年過節到市場上買一點現成的應應年景，也不敢買多，再也沒人吃糕粿了。理由很簡單，自己動手做的食物，愈發香，更不用說衛生可靠了。

弟弟和兄長也不作興貼春聯，理由跟我一樣：自己的字不好意思貼到大門外，可是外頭賣的，又看不到合乎我們成長過程中所願接觸的那「樸拙」味春聯。其實年齡愈長，物質生活愈豐富，過年愈沒什麼好忙的。於是，相對的，喜悅感逐漸減低，對「年」的期盼也愈淡。如今過年，純粹是爲孩子而過了。不過，我總想：有一天，我還是要在除夕那一天，自己好好寫春聯，在門楣、門兩邊貼門聯，在每個房間、米桶，甚至冰箱上也可貼，我多多少少要恢復一點舊時良好的一面，有個眞正「過新年」的氣象。從今天起，好好練毛筆字吧！步入「壯年」才勤習毛筆，遲了嗎？但願不太遲。練好毛筆字，趁孩子還在少年時，每逢過年也裁紅紙、寫春聯，讓孩子們感染過新年眞實的意義。

（幼獅文藝七一年二月號）

放藥包仔

許多人批評：西藥房林立，任何人買藥像到雜貨店買汽水糖果一樣方便，實在太可怕。殊不知現在已改進許多，起碼，西藥房要有藥劑師的執照才能開業，還不至於太離譜。十幾二十年前，有所謂「放藥包仔」，那才荒誕呢！那，無需什麼執照，只要能吃苦耐勞，涉水跋山就成。

「放藥的」，就如同「放醬油的」業務員一樣，把藥品先放在一般住戶家中，每隔一段時日來一趟，看吃掉多少藥就收多少錢，然後再補新的藥下去。

這行業始自何時，我不太清楚，想來不會超過一百年。因爲西藥在中國生根的年代算得出來。當年（文獻上記載），劉銘傳在光緒十年來到臺灣（西元一八八四年），全力經營，力求「現代化」，設西學堂、郵政、電力、鐵路……，許許多多樣，還加一樣——西醫院。可是沒幾年，他就被臺灣的幾個大地主「轟」下臺，弄得黯然而去。接劉銘傳的臺灣巡撫邵友濂，首先上任就先停掉西醫院、西學堂，其他「現代化」也牛步起來，由此可知，西藥在臺灣，從劉銘傳算起，也不滿一百年。

放藥包仔的藥不全是西藥，也有些「西化」的中藥，像萬金油、八卦丹之類，大多數成藥粉狀，有的是膏、有的是水。藥包是牛皮紙做的，上頭印著福祿壽三星或八卦之類的圖——取吉利嘛，封面就很「中國化」。當然，上頭還有藥商的地址姓名——表示負責。藥則不是一個藥廠的。

藥包裏的藥，有治眼痛的眼藥水，會附一根似火柴棒的玻璃製棒子，以便患者把藥水點到眼睛裏。藥水用無名指大小的玻璃瓶子裝著。此外有治喉痛的藥粉（用吹入喉嚨的），有治耳鳴、嘔吐、痾痢、外傷、頭痛……反正，百科具全。每樣藥有各自特別的藥名，就如同今天電視廣告的許多藥一樣，都取與治療有關的名稱。

最「膾炙人口」的「五分珠」，頭痛，吃五分珠；發燒，吃五分珠；發冷，同樣吃五分珠！而且，五分鐘就見效——說明書上面印的，實際上呢？天曉得。反正我沒有吃過，我童年少年時，像野鹿一樣成天到處跑，從來沒「內在因素」的痛，只除了騎車去撞牛車，小腿上留下疤痕，削甘蔗，差點把左手食指去掉一層皮，也留下了永遠紀念。

除了「五分珠」，還有一種妙藥，名稱就是「神藥」。神藥總是特別貴，要六七塊吧，不像別的藥三兩塊錢一包。神藥能治百病——也是說明書上印的。那氣味有點像桂枝加薄荷加一大堆氣味雜陳的（拿不穩，全是中藥材料），反正我很怕那味道。總覺得好好的人，聞到那味道都要目眩、頭暈、欲嘔了！病人怎能吃？不過，的確眞有人吃那些藥而不去找醫生大夫。也許小病，而且正好「對症」了，再加上「心理治療」——吃藥的人吃了後心理自我安慰，或許能治好病，不過，眞的大病就不成了，「神」藥，還不見得神妙到藥到病除。至於有沒有「藥到命除」的病例？那就不知道，那年頭的人常把一切歸諸於命運，有人死了，家人就認爲「氣數已盡」，不太打破沙鍋問到底的，更不會興師問罪。再說那時新聞事業還不發達，就是那裏吃藥死了個把人，只除了鄰近的人知道外，也傳不到那兒去。

藥包裏的藥，我用過的只有外傷的。不只我，我家小孩子都沒吃過那些「百科全治」的藥，眞有病，咳嗽流鼻涕啦什麼的，母親就採一種「雞屎藤」的野藤，用鍋子熬水，或先搥出汁來，加冰糖燉雞蛋；如果嚴重點，就去看醫生了。不過，我除了考初中、考高中進醫院體檢外，中學畢業前，沒進過醫院。弟弟好像也如此，倒是侄兒們，有一兩個去看過大夫，有一個小侄兒，還因感冒看病，由於護士的疏忽打針打錯了，一針下去，七孔出水、體溫驟降，夭折了。我家全家人都悲慟萬分，但也只會「認命」，沒找醫院理論什麼。那一年，我才小學五年級。此後，母親就不太相信醫院，小孩有病找漢醫，大人有病則翻藥包或吃草藥。我跟著母親認了不少野草的效用。

我只知三姐常看漢醫，四姐常喉嚨痛，也是找「漢藥仙」。父親五六十歲以後身體時好時壞，有時看醫生，有時吃「神藥」。母親表面上無事，其實她常病，常暗中吃成藥，好像吃了以後，馬上就好了，又精神奕奕，大大小小事情一把抓。卻不知她成藥吃多了，起了副作用，首先，視力衰竭，她又不聲張，自己暗中亂用眼藥，吃「補目明」，這下子，又起另一種副作用，頭髮漸漸掉下來，沒多久，幾乎禿了一半。她這才起恐慌，告訴二哥，二哥趕緊送她到醫院給醫生看，好長一陣子，頭髮漸漸回生，但已失去了過去的烏黑油亮的光澤，而且也回生有限，眼力恢復一點點，卻也損害很深了，伸手看五指，只有朦朧的輪廓。

從那時起，我家不接受「放藥包仔」寄放成藥了。事實上不只我家，好像別人家也日漸如此，西藥房「無遠弗屆」，處處都有，買成藥比買開水還方便，誰要放藥包的來效勞？

西藥房愈來愈多，這可能跟傳播界的大量藥品廣告有關聯。廣告，使許多藥品的名稱打入人們耳中。

我成年後，突然變成林黛玉型多病體弱了。不過，我不敢「遵循」傳播界的廣告去買成藥吃，一方面是母親的例子擺在跟前，另一方面，我教書後有件事也使我下定決心：不自己亂買藥吃。

十多年前，有一回我帶學生去學校附近的藥廠參觀。我教國文，國文老師除了兩班國文通常要另搭配幾個鐘頭的社會科，我另教的是：三班公民課。公民課本裏有這麼一個「實習活動」，就是參觀工廠。我是一板一眼的人，就接洽衛生紙工廠和藥廠，讓學生有眞正的「公民課活動」。學生長了多少見識，我不得而知，不過，我自己倒是「大開眼界」。

衛生紙的原料除了蔗渣之外，居然還有又髒又臭的爛布、舊紙。這倒沒什麼，藥廠才使我驚異。那藥廠也許董事長夫人正好興致來到，竟然親自接待我，大概她以爲我那麼熱心好意帶學生去，她正好可以多推銷他們的藥品，她卻沒想到我是學新聞出身的，有「新聞鼻」之外，還有「新聞嘴」哩。

我三套四套就使她透露出來：她如何做廣告的。她說：「我每個月花在電視、電臺、路招和雜誌上的廣告費就兩三百萬。佔成本的百分比嗎？約十分之六。」

兩三百萬元，十多年前，我教書薪水一個月只有一千元。我這小兒科聽到這廣告的

「天文數字」，不禁心想：那他們要賣多少藥才能收支平衡啊？可見得他們這些藥品的成份，就像一句臺諺：「土砂粉做的」，成本極低廉。藥的品質低、廣告費花得大，那麼，「效力」也就大了。這效力不是藥效，而是「業績績效」，他們這些名滿全臺的藥品，會比那些放藥包的藥好嗎？我很懷疑。

十多年來，藥品在電視電臺上的廣告方興未艾，儘管廣告費三級跳，仍然有那麼多「廣告大王」搶著買秒、買分的。

前一陣子，藥品廣告被迫加上「請按醫師指示服用」等話語，最近，又不用按醫師指示服用，不「多此一舉」了。不管有沒有「按醫師指示服用」這一廣告詞，反正電視上廣告愈多的藥品，我愈懷疑它的品質。廣告費都花那麼大的比例了（現在只怕不只十分之六），那有多少錢放在眞的藥的本質上？

孩子有病，我帶他們去看醫生。我自己有病？其實也沒什麼大不了的，感冒流鼻涕咳嗽等等而已，我都用兩種方式治療：「物理治療」和「意志治療」。物理治療就是多喝開水、多休息。意志治療嘛，就是告訴自己病不得，病了沒替手，什麼事都得靠自己張羅，這麼一來也就「不敢」病太久了！偶爾也有嚴重到無法自然治療的時候，那就去看醫生。說眞的，醫生開的藥，不敢全吃，吃了後不久，五臟六腑就像被掏空了，心悸發虛。因此除非萬不得已，我絕不吃藥，就是吃，也不「按醫師指示服用」。醫師大多看小孩就按體重年歲給藥的份量，對大人則「一式一樣」卻不知我的體重不夠標準，對藥的過敏力超過標準一大截，儘管醫生開我的藥之前，我一再聲明我的體質，醫生們卻用「醫生眼」開藥量，對我而言永遠是超過的，弄得我愈來愈怕看醫生。

何況現在的藥品，許多是「化學合劑」，以前，我對自然物合劑的「藥包仔」的藥都有恐懼感了，現在更是深懷戒心。市面的成藥，更不用說了。但願老天保佑：我一輩子偶有微恙而無大病。小病可以自我「自然治療」，大病就沒那麼簡單，非吃藥打針才行。還是自我保重，自求多福吧！

六九、四、一・臺灣日報

浣衣

母親前些個月住我這兒，看我每天洗很多衣服，就說我：「看你啊，什麼錢都花了，爲什麼就捨不得買個新的全自動洗衣機？一個破洗衣機用十年了，只能脫水不能洗衣服，還捨不得換。」

我不是沒考慮過，天天用手搓洗兩三長竹竿的衣服是很累、很花時間的，可是，想了想又算了。我是個喜歡勞心工作的人，一看起書、寫起稿，常不知歇止，總要弄得腦力、眼力透支過多，頭昏眼花心悸才終止，那時就受罪了。每天有夠量的家務事讓我「勞力」，至少可以身心兩平衡。

再說，「洗衣服」這件事對我來說還有一層意義。我沒跟母親說，這事也不方便說。

回憶最早最古老的是四歲時住中壢，母親每天清晨要到溪邊洗衣服，母親總背著弟弟，手拿著木造洗衣盆，一滿盆的衣服，木盆又大又重，母親不能牽我，只是一邊走一邊回頭叫我：「矮米斯，快點啊！」

我小時又矮又胖，而那時有一種牌名叫「矮米斯」瓷瓶裝的日本酒，酒瓶上有個矮而大肚的人，鄰居家人都叫我矮米斯。母親那時的臉清瘦，穿的衣服十分破舊；她在溪邊洗衣服用個木棒輕輕的搥啊搥的，我就坐在較高處呆呆地看，有時弟弟咿咿喔喔的哭，母親汗水滿臉的。

洗衣的回憶一跳，跳到小學六年級，我家搬到臺中師範學校後面。我們和鄰居共用一口井，井水又黃，我們喝的水都要先打井水，倒在沙濾中過濾。因此母親洗衣服都要到遠處小河邊。小河邊石頭隙縫有清泉，泉水洸洸不斷，母親喜歡到那裏洗，說衣服才不會泛黃。除非下雨，才不得不用家中的井水，先洗乾淨，最後用過濾的水過一過。那時多半用肥皀，有時還用「茶箍」。

星期天或放假日，我喜歡跟母親到小河邊，河邊小魚細蝦成群，我就在那兒追魚抓蝦摸蚌蜆的。

河邊有許多「石頭位」，大部分是先來的人佔最靠近泉水出處。不過洗較髒的衣褲或被單時就要到較外頭，因爲被單一在水中揚盪，往往把底下的沙也揚起了。泉水出處淺淺的，水清澈見底，而小河裏的水則帶著青綠色，河中還有不少的水草。有些養鴨的人家，洗好衣服順便捲起褲管，撩起裙子，去打撈一些水草（類似海帶，細些），拿回家去給鴨子吃。

我幾次也想下去打撈，但是母親不允許，她只允許我們撈田中的浮萍水藻。河中不叫我們去，說危險。所以我只能在淺淺清泉中戲魚蝦。泉水，夏天沁涼，冬天溫暖的，那段日子眞是美好。

初中時搬到更鄉下的地方，看不到泉水，但是到處溪河縱橫，一大片一大片田園。眞是魚米之鄉。我們家在個大竹圍的邊邊上，屋旁一彎田溪，說眞確些，廚房和浴室就蓋在田溝上頭。田溝中常有不小的河魚，「搞不好」，舀水燒洗澡水時，就舀到一條三指寬的鯽魚，或別的魚。最常見的是「大肚仔」魚，多得不得了。

大哥在溪邊砌了一大塊水泥板，洗衣服用的。比「石頭位」寬得多，做什麼都方便，我利用那塊小泥板的機會最多只是洗布鞋，以前的中學生穿白布橡膠鞋，每星期要洗，洗完後，塗上白粉等它乾。

至於我的衣服，還是媽媽洗。除非下豪雨，要不，田溝的水都十分清淨，因此媽媽再也不用跑老遠洗衣服，我跟媽媽說：「媽現在輕鬆了！」

我到初中，連條手帕都不曾自己洗過，不知道單是洗衣服這工作就可以累死人，還天天弄得一身黑黑髒髒的。媽常搖頭：「小妹人家（女孩子）還這麼牛，唉！」

那條田溝很好玩，我們洗衣、洗濯器皿、洗澡、吃喝用水，全都靠這條田溝。而我們家養的鴨啦鵝啦，也天天在這條溪中戲水。我們家的田，更靠這條小河灌溉。那是一條不曾涸竭的小河，日夜靜靜的流。除非暑假，有時我們會把上游的水截斷，全條溪來個「大掃除」。並不是掃掉東西，而是把各種魚蝦「掃進」水桶、竹簍子裏。一下午就能抓好幾小桶的魚、蝦、泥鰍、黃鱔、土虱等等。河蜆之多，多到用篩子一篩，挑大的起來就成了，根本不用斷絕水源。那時沒有所謂「農藥」，到處充滿了生命。

那個地方叫「田心仔」，是個富庶的地方。我們姐弟捉魚摸蝦，衣服弄得髒兮兮的，這，又得由母親去處理收拾了。

到高二時，我們失去那片豐饒的田地，搬到一個可怕的荒地中。沒有大竹圍，只有我們單家獨戶，屋後有個「乾溝」，兩星期輪溉一次。水來時是濁黃的。我們必須立即儲存水。因爲輪溉兩天以後，又變乾溝了。除非下雨，我們把屋簷的水集中接下來，初下雨的不要，隔一個鐘頭後的「天來水」就十分清淨，起碼，比「乾溝」輪溉的水乾淨多了。當時，每逢下雨溝裏就有水。

我們家有個「與眾不同」的事，下雨時才大洗特洗東西，因爲「天來水」很多，不用省著用。

久不下雨時就慘了，媽媽要拿衣服到很遠、地勢較低地區的溪溝去洗。我沒去過。衣服還是媽媽洗，母親每天洗衣服來回，就要花一早上的時間。我當時並沒有覺得有什麼不對。

直到有一天，一位同學在說天天洗衣服時如何如何，我才十分驚訝的問：

「你媽媽怎麼那麼懶，不幫你洗衣服？」

這下子四周的同學瞪著我：「你這麼大，衣服還讓你媽媽洗？」

而且一談起來，我的母親在同學的母親中是年紀最老的，快花甲之年了。她們一致譴責我「不孝」。

我當時十分震驚。當天洗過澡後，正好又是輪溉的日子，屋後田溝有水，我就拿換下的衣服提著肥皂盒去洗。沒想到天黑夜暗，等我洗好了衣服，發現摸不到肥皂不說，回屋內一看，少了一件內衣——掉到溝裏去叫水流走，也摸不回來了。

母親罵我一頓，仍然不叫我洗衣服。

我高中畢業後，到北部做事、求學，才開始洗自己的衣服，愈洗愈黃，每次回家，母親都要幫我徹底的洗一番，媽媽常說：

「二十幾歲人了，連衣服都洗不乾淨，看你以後嫁人怎麼『捧人家飯碗』？」

我開玩笑：「到時候，再要媽媽幫我洗啊！」

沒想到結婚後，由於外子在外埠，母親說：「新婚不能一個人守新房。」於是來陪我住，我因教書工作忙，家務事又照舊丟給媽媽承攬。以前的玩笑竟然成眞。

母親來陪我住的時候多，甚至於到我生老大，一時找不到佣人，也是母親爲我洗濯衣服，煮三餐飯，直到老大滿月找到人帶小孩爲止。那時，母親已六十九歲。同時，洗衣機漸漸變成「大眾化」的電器用品，我也趕時髦，買了一架洗衣機。

家庭用具電器化，優厚的薪水，不見得能留住佣人，每次工人「青黃不接」時，都是母親來幫我看孩子，甚至於幫做家務事。直到後來，母親沒法子來，我又找不到人幫著看孩子，身體也壞，所以乾脆辭掉教職，專心做「家庭主婦」。

而慢慢的，洗衣機因爲「年高德劭」漸漸「力不從心」，馬達轉不動。脫水還可以，洗衣服根本不行。我就改用手洗的。孩子漸漸長大，會玩泥巴，會出去野，衣服被單更髒，我洗得更費力氣。

每次洗一家四口的衣服時，我便想：母親當初怎麼能天天洗一家七八口或八九口的衣服？而且，日據時代，窮得沒法子用「茶箍」（肥皀的前身，是茶樹子榨過油後，和著別的去污物質做成的），母親那時洗衣服，全靠「技巧」，又怕木棒搥衣服搥得太過頭，把衣服搥破了；又怕洗不乾淨！後來，就是有肥皀了，但是大多時候都是「捨近求遠」，去尋求清流「濯衣萬里流」，然後拿一大桶濕衣服，有時還有濕被單抱回來，那要費多大的勁啊？

我在家洗兩個孩子和外子、我自己四個人的衣服，常要花掉大半個早上，有時再洗床單什麼的，連上菜市場的時間都沒了。好多親友勸我：

「請人洗衣服吧，最起碼換個全自動洗衣機，一滴水也沾不上手，就不會那麼累！」

我有時也心動，跑去電器行，但只看了看，就又打消主意。我才洗幾年衣服，才洗幾個人的衣服？別太嬌貴了！何況我的洗衣機還能脫水呢！想想母親，總共洗多少年的衣服？擰出多少水來？

六八、三、十三・中華副刊

炊煙

「炊煙裊裊」，是多麼美的畫面。「大漠孤煙直」，又是多麼叫人心曠神遠。但是，那都只是「可遠觀而不可近玩焉」。有距離才顯出那份「雅氣」，如果身臨其中，那豈僅是美不起來，有時簡直受苦受難之至。

不說別的，近一兩個月，輿論喧騰，針對松山區和南港區的「煙囪」，口誅（電視報導）筆伐（新聞報導）交加，十分熱鬧，該地區的住民也不堪其苦。小學生甚至戴起口罩來上學。可見得煙塵，實在不是一件好受的東西。

其實，這種「煙塵處處」的事，臺北市區早二三十年前更嚴重，豈僅松山南港而已，幾乎整個臺北，只要有住宅，就家家有煙囪，家家冒黑煙。不過，那時沒有「空氣污染」這個名詞，大家精神也緊張不起來。就是緊張也沒有用，總不能斷炊啊！

我童年時，通常家中有三種燃料，煤炭，又稱石炭，是大灶燒飯、炒菜、燒水用的。木炭，是燉肉，或是客人來時燒開水用的，用小火爐。木材，平時劈細來，方便引火。而逢年節則蒸糕粿，木柴比較方便控制火力大小。

那時，幾乎人口稍多點的人家，都是好幾種燃料並用，而且家中有好幾種爐灶。大灶、木柴爐、小木炭爐，後來又添了一種燒「連炭」的高筒爐以及燒焦炭的中型火爐。這麼多種爐灶，除了大灶沒法子搬出搬進之外，其他火爐要升火時，總搬到屋子外面。尤其燒連炭和焦炭，升火時那強烈的一氧化碳氣簡直會使人窒息。

大灶都是用砌的（後來才有做好賣出的），砌大灶之前，要先翻黃曆，看適合的日期才請師傅來動工。「灶神」也是很受重視的一位「家神」。砌灶時有許多禁忌，而且要看方向。砌得不好，不好燒飯不說，煙升不上去倒灌回屋子才糟糕。北部地區通常是以大灶燒煤炭，煤炭一塊塊黑黑亮亮的，燒時偶爾還要潑一點水進去，是什麼作用，我不太清楚，好像是以此來增加燃燒力吧，燒黑煤，當然家家冒黑煙，煤塵處處。晾衣服就得特別注意了，要背風煤塵飄不到的地方，否則白被單、白衣服上面點點黑煙塵，只有重新下水再洗漿一次。以前的衣服大多是棉布質地，洗了一定要漿，漿了後還要燙。燙衣服的熨斗也不像今天那麼方便，插電源就熱，而是中間要放木炭的，燙衣服要小心，搞不好，熨斗中的炭灰掉下來，那麼，嚕囌事也就大了，輕則一件衣服重洗，重則一件衣服燒了一個洞，有得補了。

熨燙衣服是題外話，還是回到「炊飯」，用煤炭燒，除了煙囪定時清掃之外，鍋底更三五天就要刮一次鍋底灰，刮下的鍋底灰當然非常黑，我那時唸小學，總想：寫方字用的黑墨一定是這種鍋底灰和什麼做成的。墨不便宜，而我們家每次刮掉的鍋灰卻掃掉，實在可惜。如果拿來，調上些什麼，不就可以寫大小楷了嗎？也不用買墨了。可是要調上什麼呢？百思不解。那時沒人賣現成墨汁，如果有，我很可能會想到以鍋底灰加水，來試試看是不是能寫毛筆字。

一個主婦如果不勤快，早三十年生是很難過日子的。因爲鍋子要常常刮常常刷，灶頭也要天天刷，光擦拭絕對沒法子弄乾淨。刷洗東西多半用灰燼，（哪捨得用肥皂？）以前更沒有所謂「塑膠手套」這一類東西，連「塑膠」二字都沒有出現呢！所以，每一位平常人家家庭主婦的手，都非常粗糙。經濟情況較好一點的，請傭人，那時的工作機會不多，所以傭人容易找，工錢非常低。通常的中級高級公務員都請傭人，有的甚至於兩三個，三四個的。

我家後來搬到臺中，中部燒煤炭的人家比較少，多半燒連炭、柴火、穀殼、蔗葉、稻草、樹枝等等。我記得每得空，就去剝木材行大杉木的樹皮，拿回家去曬乾來，有時則是到溪邊田畔竹叢撿拾枯枝。這些都是引升連炭的好材料。

後來搬到更鄉下，自家種田，稻草、麥稈、蔗葉、蔗尾，甚至於乾豆藤、竹子的落葉，好多東西都是免費的燃料。除了竹葉、穀殼（臺語粗糠）外，多數燃料要送進灶內，都要先「加工」。結成一個個手肱大小的結子，才放進灶中。樹枝、竹子也還要先用柴刀剁成一段一段。綑草結子，多半要事先弄好，儲放起來，尤其天晴時要準備好，否則下雨天，濕柴火才無法子燒呢！

粗糠加竹葉則是隨燒隨「丟」進灶中，就是用手一把一把抓了扔進灶口，說起來容易，做起來可難，扔太裏面，火力全到煙囪那兒了；扔輕了，弄得灶口到處亂七八糟，而且沒做過的人，初次用穀殼、稻草燒，一會兒可受罪了，手和腳都會發癢，原來稻子有「芒」，會扎人的，起碼癢上一夜，久了，習慣之後，對「稻芒」有了「免疫力」，就沒關係了。

蔗葉稻草、粗糠等都是不經燒的，所以，都要有一兩根柴在灶中當「母火」，免得火力接不上。不過，有時草結子、粗糠弄太多了，也會把「母火」悶熄，這時就滿屋子濃煙，悶啊悶的，你則須拚命搧火，等到灶中又「轟」然一聲，火再著起來，煙才不再繼續製造。

燒竹子，還常常會有爆裂似鞭炮的聲音，十分熱鬧，因此，勤快的主婦，通常先把竹子劈開或打裂開來。否則竹筒中的氣體燒著、膨脹著，不「爆」也得爆。

後來我家換種果樹，每年都要剪下大量的枝葉，颱風過後也有許多枝葉被打下來。這些等快乾了，就要趕快拖回屋前廣場，用柴刀剁成一段段，結成結子再曬乾，然後儲放起來。連枝帶葉，燒起來火力就大，而且經燒。如果任樹枝在園中，等會乾了，葉子掉光了不說，而且樹枝也比較不好剁，也不好鋸。

鋸粗樹枝、剁細樹枝或竹子都好，還要懂得技巧，否則會把鋸子弄斷、柴刀弄鈍，搞不好，人都受傷。現在一百個家庭找不到一個家庭有柴刀鋸子的，以前，幾乎家家都備有柴刀鋸子，三餐的柴火要用到嘛！而且，鄉下的十來歲的大孩子就懂得如何使用鋸子柴刀了。環境使然。

要是久雨不放晴，那就受罪了。儲放的乾柴火漸漸燒完，帶著濕氣的樹枝、草結子，燒起來時滿廚房濃煙。尤其雨大風大的天氣，煙不但無法排出去，風反而從煙囪倒灌進來。濃煙向屋內蔓延，一頓飯菜燒下來，必然灰頭土臉，外加上眼淚鼻涕直流。

有陣子，我住三重埔二哥家，最初燒柴還有煤炭，沒幾年，開始有液化煤氣，更有了大同電鍋問世。起初，燒熱水還捨不得用煤氣仍然燒煤炭木柴，慢慢的，發現在「花錢」和「費神」之間，寧願選擇前者。而且燒木柴也不便宜了，至於煤炭，政府漸次禁止住戶燃燒生煤，以免空氣污染日漸嚴重。

我結婚時住豐原租人家民房住，床、椅各種家具房東都有，我只買了廚房用具，電鍋和瓦斯爐當然是必備的，不過，還是另買個小火爐和幾斤木炭，以備萬一瓦斯筒沒「氣」時，不至於「停」火。不過，那火爐還是很少用，我只有在坐月子時，母親天天用那小火爐燉「十全」雞給我吃。坐完月子，小火爐又冷落在屋角落。

後來我搬到北部，母親幫我搬家，我本來要把小火爐扔了不要搬上去，母親說搬家依規矩一定要搬火爐和木炭，爲什麼？「薪火相傳，生生不息」的涵義吧！我只好把小火爐也搬往臺北。結果有陣子，液化瓦斯全面缺貨，那小火爐正好派上用場。燒了幾天木炭，不方便不說，升火時弄得到處是灰，而且隨時要注意添加木炭，否則火熄了再升火又費一道手續，這時不禁回想起以前母親用更難升火、更多塵煙的燃料，那種日子更難過了。

去年，我又搬家，不但那小火爐早因破舊扔掉了，連瓦斯爐和瓦斯筒都沒有搬來。新居有天然煤氣，不用筒了，至於瓦斯爐，因爲天然煤氣和液化瓦斯的不一樣，需改裝過。改裝也要花不少錢。我不如花八百塊新買個自動點火瓦斯爐。這次沒長輩在身邊

「督導」，我也忘了「薪火相傳」的禁忌。不過，好歹還搬個電爐、電鍋來，總算還沒有「失規矩」。

電也好，瓦斯也好，都是無形的，而且方便極了，這在三十年前，根本不可想像，用無形的「東西」，來燒飯做菜，那時大多數人想都沒想到有這種可能，一轉眼，卻幾乎全面的用電和瓦斯了。

至於農村，有的也燒液化瓦斯，但仍然有「炊煙」，不過燃料也在改變。我看有很多農家一百斤五十斤的買「木屑柴」，即工廠將木屑壓製燒成杯口粗竹筒型二尺長，耐火又好燒。這種人工柴煙還是有的，較少，比燒草結子、穀殼、竹葉等方便，又廢物利用，眞經濟實惠。

還有些養豬的人家，利用豬糞做「沼氣設備」。十年前第一次聽到「沼氣」，差點把隔夜飯都吐出來，豬糞怎可拿來燒三餐飯呢？後來慢慢了解：化腐朽爲神奇，原是人們努力的目標。今年，聽說豬糞添加木屑，可以產生更大量的沼氣，非但如此，前兩天，在電視新聞報導上看到：雞糞也可以製造沼氣，一個中、小型雞場的雞糞，可以製造出供五口之家燒煮三餐的沼氣。相信再發展下去，說不定每一樣東西都是「能源」呢！

沼氣，也是「無形」。連農村都用氣體做燃料，一般都市人家更沒有「冒煙」了，抽油煙機取代了煙囪，排出口來的只有「油氣」和「水氣」，比起煤炭柴火的烏煙瘴氣，根本已微不足道。「炊煙裊裊」，竟變成很令人想見一見的「畫面」了。

六八、五、廿二・新副

雨聲淅瀝

一大早，雨忽然淅瀝嘩啦下起來。我不由得煩惱，又得跟孩子展開「拉鋸戰」了。

「下雨啦，穿雨衣雨鞋。」

「雨很小嘛！」他們一定會又這麼回答。

「會打濕的，等下淋著雨又生病了。」

「雨衣雨鞋那麼重！」

有時我眞懶得嚕嗦，想來個「武力解決」。可是，這沒有用。常在路上看到：就有那麼多小孩，情願雨傘扛在肩上或雨衣挾在腋下，頂著大雨非常「濕意」的在那兒漫步，甚至於哪兒有水朝那兒踩。所以我必須先把兩個小皮蛋說得心服口服，否則以壓制的方式強迫他們穿雨衣雨鞋，保險一出巷子就脫下雨衣。

奇怪，視雨衣雨鞋爲寇讎好像是現在很多小孩的通病。他們一勁的嫌穿雨衣悶熱笨拙、穿雨鞋笨重不舒服。

穿雨鞋的感覺如何？我可不知道，因為我小時候一直不曾擁有過雨鞋。但是我深知：現在小孩的塑膠質雨衣，絕對比我們以前用橡膠雨衣輕便多了。

我上小學時，甚至沒有雨衣。簑衣很少人用了，多數同學上學是頂著大斗笠——即筍籜、竹篾編的，光著腳上學。有些人用紙傘，至於布傘根本很少，那時的布傘都是「過鹹水」的，臺灣的工業還不會做金屬傘骨架子。紙傘，大人小孩都用，以竹為桿，以竹片為撐架，紙是浸過桐油的，可以防雨水，但是不經用，容易破裂，而且千萬遇不得大風，風一吹，傘一翻就全報銷了。那種傘也很重，所以我情願戴斗笠，輕便多了。

光著腳在泥地裏走是頂有趣的事。走一步，就有一些泥巴從八個腳指縫中擠出來，那份爽快，只有自己去體會。我小時，臺北沒幾條柏油路，多半是碎石子路和泥巴路。光著腳走慣了，碎石子路也沒什麼了不起，一路走一路踢石子，那，也是樂趣之一。

路上車輛絕少，因此，任你低著頭踢石子也罷，從腳指縫擠泥巴也好，從不用擔心「飛來橫禍」叫什麼車撞了，只要自己不去撞上樹幹，不踏進溝裏就成了。

有時連斗笠也沒有戴，那年頭的小孩是「鐵打銅鑄」，常淋著一身濕濕的上學，頂多用手帕擦一下頭髮，至於身上的衣服呢，就讓它自己慢慢乾吧（只怕都是用體溫烘乾的）。可是我小學六年，沒感冒流鼻涕過。

就是上了初中以後，學校規定一定得穿制服（包括鞋子），可是一到下雨，有錢的人穿橡膠雨鞋，我們窮的呢，光著腳到學校後，才從書包中拿出鞋子襪子穿上，有的根本沒穿，就赤著腳在教室跑來跑去，也不曾有哪個老師制止過。我初中讀的是省立臺中女中，那時，已沒有中學生戴斗笠上學的，都是打布傘（都是黑的）、打紙傘或穿雨衣。

那時還沒有所謂塑膠工業，雨衣是用厚布塗上橡膠裁成的，其笨重無比，更糟的是稍用些時日，橡膠就斑脫，而且會黏在一道兒。雨衣又不便宜，因此我多半打傘上學。傘也不便宜，新傘絕對輪不到我，用的常是千修百補過的舊傘。

到高中，天天騎腳踏車上學，家離學校又遠，再也不能一手撐傘一手扶著車把，只好穿上笨重的橡膠雨衣。穿雨衣也有個煩惱，我眼睛近視，穿雨衣又不能戴眼鏡（一下雨就成半瞎），所以只有把眼鏡摘下來，視線朦朧，有一回，一不留心撞翻了個賣菜婦人的菜擔子，弄得一地都是白菜。幸好身上正好帶了要繳費的兩塊錢，拿出來賠償了事（那時一把青菜兩毛錢而已）。從此，每逢下雨，我就加倍小心騎車子，幸好，臺中的天氣是屬於「乾淨俐落」一型的，不像北部那麼多雨，臺中的雨下起來痛快，幾個鐘頭就下完的時候多，尤其夏天，下午常下西北雨，一會兒就雨過天放晴。

有一回，就因西北雨而發生一件事。我高中時讀的是男女合校。高一、高二沒什麼，到高三分組重新分班，我當時年紀小志氣大，想效法居里夫人，一心要考甲組。考甲組的只有我和另一個女同學，其餘都是男生。說眞的，那時我心中別無雜念，只有想著：考大學，根本是「中性」的人。從沒想到男女之分。另一方面，我是個屬於「後知後覺」甚至可以說「不知不覺」的人，當然也就沒有半點所謂「少女情懷」，雜在一群男同學中自己根本無所謂。

因爲高三了，所以即使是休假，我們都常自己跑到學校互相研讀功課。週六更是中午不回家，仍然跟平時一樣念到傍晚，尤其我家沒電燈，我總在學校裏待到好晚才回家。另一女同學愈來愈趕不上甲組班的程度，決心放棄，後來就只剩我一人留校了。

就有一次星期六下午，突然濃雲密佈，下起大雨來。我不由得抱怨：「眞糟糕，等一下怎麼回去?」

隨口抱怨一句就完了，又埋首於數學練習題中。沒想到隔好一會兒，班上一個同學全身濕淋淋的到我跟前，遞一包雨衣給我，說：

「小豬！借你回家穿。」

我中學時外號叫小豬。當時就說聲「謝謝」，收下，擱在抽屜中，繼續算我的數學題，也沒有因雨衣而多想出半點什麼來。等我把數學都算好，要回家了，雨已小了很多。打開雨衣一看，是男生用的，又長又重。我怕累贅，想起門房老張有斗笠，我以前常向他借，現在雨也不大，再跟老張借斗笠戴回家就成了。因此想把這男用雨衣還給人家。可是那位同學正好不在，我只好跟別個同學說：

「請你等一回兒幫我把這雨衣還給某同學，我不用了。」

所有在場的同學（當然都是男的）全都笑起來。我也不清楚他們笑什麼，收拾好東西，走出教室，去車棚牽自行車，向門房借了個斗笠就回家了。

等下週一到學校，我見了那位借我雨衣的同學，就說：「早啊！前天我還你雨衣時你不在，他們拿還給你了吧！」沒想到他一臉緋紅的，而且有點憤怒。他低聲的說：「小豬，你是傻瓜！」

我不由得一楞，好端端他罵我傻瓜做什麼？全校的學生哪個不知我是聰明的好學生來的？我跟一位高二的「死黨」女同學訴苦說，班上有同學罵我傻瓜的事，她聽了前因後果，哈哈大笑起來：「你啊！眞是小豬，笨死了，怪不得男孩子罵你傻瓜！」

我還是不明白，好在那時天天忙著功課，也沒那麼多腦筋去想我是不是傻瓜的問題。一直到幾年後，有次和一位老同學見面，他問起我那借我雨衣的同學的下落，我才恍然大悟。其實，我高中畢業後，根本就沒跟那位借我雨衣的同學有任何來往。不過，經別的老同學一提，我才想起自己的確有過那麼一件傻事，其實也不是我傻，根本是那位同學傻，他自己跑回家淋了一身雨，拿雨衣來給我，而且是男用雨衣。我是班上最小的小矮子，怎怪我「拒絕」他的好意呢？

幾年後，我就不再用雨衣了，平時都用雨傘。而且慢慢的，臺灣的製傘小工業發達起來，雨傘也便宜起來，甚至於多年來物價上漲數倍、數十倍，只有雨傘反而下跌。小時，家中十數口人求一把布傘而不可得；如今，在外面要碰到下雨就花五十元上下買廉價傘。因此家中「傘滿爲患」，現在全家只有四口人，雨傘倒有七八把。而且兩個小孩子根本不能用傘，學校規定一定要穿黃色雨衣、雨鞋，不許同學打傘。

我想小兒學校的用意是現在路上車多，下雨時駕駛員視線不清，所以讓小學生穿黃雨衣「目標顯著」少出車禍。可是孩子們並不領這個好意，他們能不穿雨衣就盡量不穿；至於雨鞋，更少人穿。想起我初中時好羨慕下雨天時人家有雨鞋而我只有「萬年皮鞋」，現在的孩子，眞是「撐得太飽」了。不過從另一個角度去看，以前紙傘很多也比較便宜，現在，紙傘很少見，除非特別的店鋪，而且每把價錢也不便宜吧，少說三幾百元以上。世事一直在變遷，只有雨聲依舊，隔一陣子就淅瀝淅瀝的輕叩人們的心扉。

六八、五、五・中華副刊

聽聽看看

聽善書

「要知這壞子婿後果如何，明日晚，請再來聽我講善書！」又是突如其來的「意料中」的話！

大家嗒然若失，呆站好一會兒，才依依不捨，三三兩兩散去。回家的路上大家討論著：「那壞子婿不知道會不會遭到報應？」「最好是現世報，一人做歹一人當，應到子孫後代的身上實在……。」

那一年，我才十三歲，夏夜，在離家十幾二十分鐘的大街上，簷廊下有個人家把電燈移出來，擺了四五排長板凳，前頭有個木檯子，講善書的人就站在臺子上。那人約有五十多歲，講的故事既不是希臘神話、安徒生童話，也不是三國演義或水滸，他所講的全是自古以來所相傳的許多「報應」的故事，有現世報、來世報，也有禍延子孫，或者「積善之家必有餘慶」！

那些故事，不只小孩子愛聽，大人們也愛聽。每次聽善書，沒有人出雜聲，而且，小孩子和老人坐板凳，大人們自動站在後頭，大家都能聽到也能看到說善書的聲音和動作表情。

講善書的從不勸人信佛還是什麼，他只強調：人只要心行好，就能保佑自己庇蔭子孫。他又說：不要相信什麼算命！相隨心轉，心地好，相就會變好，自己的命可以由自己的心（品德）去算！自己子孫的命運也可以由自己的行爲去舖路！

講善書的人不像打拳賣膏藥的演一半就叫人家買藥或什麼的。他更不像跑江湖賣藝的，演了一段落請觀眾捐錢。他只是每晚七點左右開始講善書，講差不多一個半鐘頭，然後就「明天再接下去」，從不取分文。

那時候，有收音機的人家很少很少，因此聽善書也就成爲附近老老少少所喜愛的「消遣活動」。而那講善書的人也似乎以此爲樂。我相信他並不在於「表演慾」，而是在於他有勸世的崇高理想吧！

我家在那兒（臺中師校後面）住兩年，那兩年的夏天，我幾乎每晚去聽善書，除非颳大風。但後來我們搬走了，也就不知那講善書的人有沒有再持續下去？持續了多久、勸化了多少的人？

看大戲

初中二年級，搬到一個叫「田心仔」的地方，那是一大片看不到山，只有田原的富饒地方。每年三月，鎮上唯一的大廟前，會演「大戲」，為期一個月。

大戲不同於歌仔戲，其中除了花旦、小丑對白是閩南話，其餘的生角、青衣、淨、末等角色，全用「正音」對白，唱的也是「正音」。有點類似京戲。父親說那是一種子弟戲演化而來的正統藝術，全臺灣已經少見，戲班全是客家人，他們下戲後，講的是客家話。

我十分不明白，「田心仔」方圓數里內，大概只有我家一家是客家人，連外省人都沒有兩三戶，幾乎全是閩南人，爲什麼會請客家戲班子來演「大戲」，而且每年一演就演一個月，風雨無阻的，不過，三月，梅雨季未到，多半是好天氣。

遠遠近近的農家，每晚必定報到，鎮上的「大戶」人家也常到。那演戲的每告一段落，就有鞭炮聲響，然後是某大戶上臺，貼上紅紙，紙上還濕墨淋漓的「張某某賞一百」「李某某賞兩百」的。那時的米價一斗（約十斤多點）是二十元左右，每晚這個賞那個賞，積累下來就不少。而我們這些「小戶人家」，沒錢就捧人場，眞正是皆大歡喜。

現在回想起來：那很多戲碼，都跟京戲的差不多。不過也有部分另編，年代隔遠了，忘了許多，印象最深的是：我每天放學後趕著把功課做完（那時功課也很少），吃完飯後拿著板凳到戲棚下看戲。從家裏到廟那兒，要半個鐘頭吧，誰知道？反正那時是「慢節奏」的日子，功課不緊，馬馬虎虎應付（甚至於不要應付）就通過六十分。那種悠閒，不要說現在的國中生享受不到，連小學生們也得不到。看完戲，提著板凳，和姐姐弟弟邊談邊回家，也不過九點多而已。

只可惜，在「田心仔」只住三年，我們又搬家了，搬到一個每逢大年節就要「交神明稅」的地方，因爲當地土地廟前要演布袋戲，「廟公」挨家挨戶照人口「抽錢」，我家人又多，每次都要負擔好幾十元。而那時我家窮得三餐難繼，一個錢看得比什麼還大。母親臉皮薄，不敢跟廟公說什麼，我們姐弟姪兒們十分氣憤，常暗地裏說：「什麼酬神費？全酬到廟祝的五臟神去了！」

不過，也不敢當著廟祝的面前說。唯一所能做的，只有「拒看」布袋戲。所以那土地廟前面空地上的演戲盛況到底如何，我是一無所知。只懷念「田心仔」那種隨便人家贊助的「大戲」，以及那「正音」唱腔。

以後，又住過許多地方，也偶爾見到野臺戲，只是唱的腔、說的話，根本不能跟少年時所見的「大戲」相比，也就不曾駐足觀賞。近年的野臺戲，愈演愈不倫不類，流行歌、現代舞、東西洋拳全出籠，更令人感嘆無限。

收聽廣播

童年時很羨慕有收音機的人家，我的小學同學中，只有一個家裏開大公司的同學家裏有，其他的人，簡直摸都沒摸過。而很可笑的是：沒碰過收音機，但班上有幾個唱歌資質較好的，居然常上電臺唱歌。「夏天過海洋」「搖籃曲」……，一曲又一曲，一次又一次，我去臺灣廣播電臺不少次呢！上電臺的事因搬到臺中而中斷。

一直到高中畢業，我家才有一個大的破舊收音電唱機，那時電臺較多，不過，我因爲一邊工作一邊念書準備再考大學，也就無暇去研究各電臺的節目，反正轉到有音樂就行，有時聽著聽著，看書看倦了竟睡著了。

我記憶較深的是羅蘭女士的「安全島」，她的聲音不像一般女性播音員那麼「脆」得刺耳，而是溫和、慈祥的，而且安全島所播的音樂都不低俗，所廣播的話辭都很有內涵。「早晨的公園」樂林先生的聲音也是屬於音色較寬宏，叫人不容易產生厭倦感。

此外，就是每週日晚間八點，全國聯播的廣播劇。有一次播「釵頭鳳」，講的是陸游和他表妹唐琬不幸的悲劇，我直聽直掉淚「爲古人擔憂」；還有一次是播李清照的故事。那時的廣播劇十分嚴謹，還特地將陸游、李清照的詞譜成曲，任聽眾索取歌譜。此外還有黛玉葬花等也都特別譜成歌，我至今還記得那些悲切的旋律，純粹中國的旋律。很奇怪，那些曲子卻不能廣被流傳，是曲高和寡？還是那些曲子只是我個人的偏愛，實質沒我感覺的那麼好？相信還是前一個原因吧！因爲「紅酥手、黃藤酒，滿園春色宮牆柳……」，又有幾個愛唱歌的人了解「紅酥手」來著？更不用說體會「淚痕紅浥鮫綃透」了！

現在許多流行歌曲什麼流水年華、風，等全是東洋曲子翻版的，反而大行其道，使我更懷念以前廣播劇工作人員，特地爲許多廣播劇譜許多純中國的曲子，那些作曲者是誰？我忘了！不過，他們作的曲子，我至今還會唱！用眞正的感受去唱。

電視病

和收音機一樣，在我還沒機會摸電視機之前，就上電視的節目了，那時還沒「錄影」這名詞，我們合唱團（全是成人）是現場播出。還上過好幾次電視，甚至於有一次，我擔任獨唱部分。

我無緣收看到自己在螢光幕上的容貌，因爲在有所謂「先錄影再播出」之前，我已離開北部、離開合唱團夥伴，到中部工作。

我開始教書時有電視的人家也不多，都是較有錢的，或者做生意的人家，很多開店舖的人，電視機就朝外，每晚有很多鄰近的人家或過路的人就站在店門口看電視，更有人帶著小椅子去「佔位置」。

歌仔戲時間，更有許多婦道人家三五結伴的去捧楊麗花的場，當然，是去店舖的電視機前。

我一直到婚後第三年才買電視。那時中視已成立，而且，第一次播出「連續劇」——「晶晶」。絕大部分現場播出，有一次還有工作人員「穿梆」——跑到鏡頭裏，害我大笑不已，但家中只有自己一人，笑完了反而悵然若失，沒同伴的享樂有時反而痛苦。

晶晶播完，好像接著是「情旅」，主題曲風行一時。再下去是「心橋」，是個反共連續劇。可惜女主角太「自我」了！演一個逃亡多時的婦女，臨死時居然眼皮上有閃光粉，指甲上有蔻丹，叫人看了真覺得「太戲劇化」！

中視連續劇叫座，臺視也跟進，於是清宮殘夢、風蕭蕭……一齣接著一齣來。慢慢的，我覺得不對勁，每天晚上看完這臺看那一臺，連續劇沒完沒了，一天兩個小時，一年就七百多小時，這七百多小時，我能讀多少書啊？平時書看一小時平均速度是兩三萬字，那一年不是可以讀一千四百萬字嗎？讀深奧一點的書，也可以讀上三五百萬字啊！我簡直是在「揮金如土」。

這下子下決心，不看連續劇，只是偶爾看影集，中視的「影集群」從開始就是「強打群」，什麼聯邦調查局、彩色世界、檀島警騎……。一個比一個精采，看入迷了，也是每天按時向電視機「報到」，加上臺視的外國影集，更花費時間。

老大從嬰兒期就愛看電視，我還很得意：「你看，這孩子聰明！才幾個月大就會看電視！」

卻不知種下他一生的禍害。那時住學校宿舍，白天，孩子寄在同事太太那兒帶，也是同宿舍區。這些宿舍，每棟十二坪大，客廳很小，兩坪而已，看電視的距離都太近了，老大太小就常看電視，結果視力大受損害，到幼稚園時，已兩百多度，平時眼睛瞇著走路了，不得不配上眼鏡。

幸好老二自小「目不邪視」，我們還以爲她蠢笨，她到三四歲還不愛看電視，甚至於卡通影片也沒興趣。也幸而如此，她的視力還好。

從得知老大近視以後，我只選擇有益的兩三個節目讓孩子看，其餘時間，電視關起來，大人要看也得等小孩入睡之後。初初，孩子們會到別人家偷看電視，我察覺之後，晚間就限制他們外出。

直到現在，老大還常常憤恨不平，說：「別人家都可以看無敵鐵金剛！」「我同學都天天收看鋼鐵小英雄！」

「說過多少次了。自己的眼睛都快瞎了，還看電視！」我有時火大就斥責他。「你再說，連民謠世界、小小動物園都不許看。」

他不再吭聲，可是一臉委曲。我不禁感慨：物質文明進步，不但傷害人的身體，而且戕害人的心靈。如果他像我少年時，除了偶爾看「大戲」外什麼都沒得看，也許還更能體認父母的苦心，更能知足快樂，而且，也不會那麼小就變成「小四眼」。唉，眞懷念那專演忠孝節義、唱正音的「大戲」！

六八、三、廿二・中副

最後的無患子

一天，到陌生的場合，周遭的人都不相識，我不善於和陌生人攀談，只好取壁間書架上一本野外雜誌來看。翻著翻著，書上有個植物果子成串的圖片，咦！「無患子」，好空靈的名稱。再仔細看介紹：「與龍眼荔枝同科，果實可以用來洗衣服。」

啊！對了！這眞是踏破鐵鞋無覓處，得來全不費功夫。我趕緊興奮的跟周圍的人說：

「你看！你看，這就是以前的人用來洗衣服的東西，我問過好多人，大家都不知正式學名是什麼，現在總算知道了！這東西，閩南語叫『捏木子』，客家語叫『木落子』！洗衣服最好了，手絕對不會粗糙，更不會被傷害。洗頭髮更是烏黑柔亮的！」

起初，別人還爲我的「突然發聲」舉動投以怪異的目色，但等到我說到「不傷玉手」時，她們全熱絡起來，圍攏過來看雜誌上的圖片，說：

「什麼？是什麼東西？哪裏能買到這種東西？」

買？買不到了！記得小時候，還有人賣，有人種！祖屋前就有好幾株木落子，哦！是「無患子」樹，高兩三丈以上，秋來時，果子掉了一地，我們去撿拾、曬乾。要洗衣服時拍一拍搓一搓，外層果皮肉膜會起很多泡沫。要洗頭髮時也是一樣。

我小時沒洗過衣服，但總要自己洗頭髮，我是小孩子，看不出「無患子」對保護髮質之功，但母親從步入中年、步入老年，頭髮依舊又黑又亮，無疑的，那是因爲不曾長期受化學洗潔劑藥害的後果。

二十多年前第一次剛有「非肥皂」粉時，我拿來洗頭，就感到頭髮洗過後，乾澀得很。但爲了貪圖便利，仍然每次都用「洗衣粉」來洗頭。那時「非肥皂」非常貴，母親捨不得用，仍然用「木落子」——即無患子來洗頭髮，有時則用「茶箍」。

「茶箍」是茶子搾過茶油之後的渣，將之壓成直徑一尺，厚度約兩寸的大圓餅，堅實得很，要洗濯時，用柴刀劈一塊「茶箍」，以熱水泡開。麻煩得很，舊時的人不避麻煩，洗個頭髮、洗濯衣物，都要先忙上一陣子。

有更節省的人，是將稻草燒的灰泡水，那就是鹼水了，當然具有洗潔力。至於洗刷鍋子器皿，當然不用泡水，只要灶中的灰取一些出來，磨啊！擦啊！洗啊就成，這稻草灰，還是很傷皮膚的，沒泡沫，但洗潔力強，尤其以前的人沒瓦斯、沒電鍋，燒飯炒菜全用大灶，容易「煙霧瀰漫」，屋子中器皿、用具當然容易髒，尤其鍋子，三幾天不刷洗就一層黑。所以用灶中灰燼來刷洗，既便捷又不用多花錢。傷玉手？舊時一般人家哪講究傷不傷玉手呢？

其實，以灰燼來洗濯東西，再傷玉手，也只是使皮膚粗糙罷了，沒什麼過敏啦、藥害的。不像現今洗衣粉、清潔劑中有一大堆「化學劑」成分，多洗幾下，體質稍不行的人馬上會起皮膚病，潰爛、發癢、紅腫都來了。

肥皀比清潔劑好，我現在洗碗筷鍋子都用肥皀，洗來費事些，但沒有毒素，而且也不會使皮膚過敏，肥皀我都用一種牌子很老的水晶肥皀，跟狗洗澡也用這肥皀。

有些養狗的人以洗髮精來爲狗洗澡，說是洗「乾淨」了，但狗身上的毛也失去光澤了。用水晶肥皀抹較麻煩，不過，狗毛可以保持那油亮的光澤。狗猶如此，何況人呢？

當然，如果能設法再弄到「茶箍」最好。肥皀的閩南語、客家語，至今仍多數人叫「茶箍」，間有說「石鹼」，或說「雪文」的。不過，「茶箍」哪兒才能買得到？只怕種茶人家的年輕子女，也只知「洗髮精」、「肥皀」、「洗衣粉」，而不知眞正的「茶箍」呢！

更別說「無患子」了。去年秋天，我和眾兄弟姐妹、甥姪們到青草湖靈隱寺，我發現廟寺的花園有株高大的喬木下，有綠色或褐色的小果子！哇！是「木落子」！姐姐們也叫了起來，眾姐妹趕快撿幾粒——也沒多的好撿。

「這就是舊時人家洗衣服的東西！」大姐跟外甥說，大哥也跟大姪兒說。外甥和大姪兒都三十上下的人了，還聞所未聞「木落子」，說：「這麼小的東西洗衣服？要多少粒才能洗一件衣服啊！」

是啊，記得童年時，母親每回一買「無患子」就是一大袋！這「無患子」乾的跟龍眼差不多大小，也有核、皮和果肉乾縐的附在核上。父親後來跟我們說：

「我小時沒什麼東西好吃，木落子的核拿來烘一烘，剝開，核仁也是很香的。」

我想像不出那麼小的核仁，要費多大功夫、多大勁才得以「解饞」，也許父親童年那一年代的孩子，容易飽足口腹之欲吧。其實我小時，也曾將鹹橄欖核以鐵鎚敲開，取出那細長的核仁吃，窮困的歲月中，什麼都是好吃的。只可惜，父親跟我們說「無患子」的核仁可以吃時，我們都已成年了，再也不嘴饞了，就是嘴饞，也再也難覓「無患子」的影子了。

去年去靈隱寺，我如獲至寶，在樹下撿拾到三數粒，有青的，也有已乾褐的。拿回家，給孩子看，孩子也當稀罕物，拿去學校給他同學說：「看老祖母時代洗衣服的東西。」

那時，我還不曉得「木落子」的正式學名。我問過好多人，大家都不知道，甚至表示「我從沒聽過這東西」！這可能屬於溫熱帶的喬木，因爲外省籍的老一輩人，只知有皀莢！皀莢是什麼？我也不曉得，想來也跟「木落子」——「無患子」一樣，洗衣服時要重重的搓，搓出泡沫，當然，也是「不傷玉手」的。

物質文明進步，使現代主婦省事許多，洗衣服連抹肥皀都不用抹，以洗衣粉一泡，往洗衣機放，就「大功告成」。省下很多體力、很多時間，結果呢？是不是較輕閒？只怕未必！仍要忙，忙著交際應酬，忙著想法賺更多的錢使家中「電氣化」更完備、更新，忙著去除身上多餘的贅肉，忙著……，還有比舊時女子更忙的一點，現代主婦除了體力忙、奔波忙、心理更忙，連睡覺都不得安穩！

不過能怎麼辦？總不能再恢復用「無患子」搓洗衣服，以「茶箍」泡熱水洗長長黑亮的頭髮，想那樣做，也沒那麼多地可種「無患子」，也沒那麼多「茶箍」可供應了。

七一、二、八・新副

溪邊的菜

搬到這兒三年來，時不時，兒子就在飯桌上問一句：

「媽，什麼時候再有溪邊的菜嘛？」

「溪邊的菜」，哪能想要就買得到的，愈是鬧區的市場，愈絕難一睹「芳踪」。那種菜，即使鄉間小菜攤子也不得常見。

我小時住臺北市區，雖然那時臺北市內還到處可見田野溪流；可是，也從沒人賣「溪邊的菜」——蕨，溪邊也無嫩蕨可採。因此，我在稚童時，還不知有這麼一種野菜可食。

十二歲搬到臺中，沒多久和鄰居混熟了，有回隨個大男孩去田野間玩，也忘了摸蜆捉魚還是釣青蛙，反正走到一條蜿蜒不窄的溪邊，兩岸「刺竹」高聳，十分沁涼，溪中有一大片綠色河洲，「野草」茂密。那大男孩說：

「我們到溪中的那塊地，那裏有很多『桂喵』！可以摘回家炒來吃的。」

我跟著那大我兩三歲的男孩，涉過齊膝的溪水，到小河洲上去。跟著採那一根根綠色的「小拐杖」似的野菜。採了一大把，帶回家，母親笑逐顏開，說：

「這『桂喵』很好吃，你在哪兒採的？」

「在溪邊，這是什麼菜啊！」

父親在一張紙上寫：「蕨」，並且告訴我，閩南語和客家語全是「給」音的入聲，但一般閩南人俗稱爲「桂喵」。爲什麼叫「桂喵」，這，眞是奇「妙」的發音。

當晚媽媽炒了一大盤，父母親、兄姐弟弟們全頻頻挾這盤菜，只有我，吃了一根就不敢再吃了。我小時嘴刁，菜蔬有一半以上不敢吃，莧、紅蘿蔔、茴香、葫蘆瓜、大頭菜……太多了，不敢吃就是不敢吃，這「蕨」菜，我也敬謝不敏。不過，看家裏人全愛吃，於是我常常去採。後來那大男孩不好意思老和我一道兒，我就自個兒涉水過溪到河洲上——沒被水神「請」走眞是幸運，不過那時人小心大，哪會想到什麼危不危險的。但有回，大我三歲的四姐跟我一道兒去，大吃一驚，回家跟媽說了，母親禁止我以後再去採那「免費的菜」。母親臉色都發青了，罵我：

「你還說在溪邊採的？哼！在溪裏頭，又一個人，萬一水大些怎麼辦？」

眞是，我那麼「無私」，常常去採大家都吃唯獨我不敢吃的「好菜」，還挨罵。

不過，桌上仍然不時有那一盤「蕨」，原來母親自個兒「御駕親征」，其實母親個兒也比我高不了多少，她不讓我涉水採蕨，自己倒常採，眞是！

後來我家搬到更鄉下僻野，怪的是溪流縱橫，魚蝦更多的地方，竟然沒有嫩蕨可採。原來蕨專長在陰濕的地方，陽光經常直射得到的地方，它不容易生存。這種植物還無法種，它是屬於孢子科羊齒類植物。沒種子的，也不能壓枝、分採、播種。因此，嫩蕨最容易生長的地方並不是溪邊，而是山陰有山溝泉水之處。山陽處也可見蕨，不過那是「啞蕨」，乾毛毛的不能食用。

就是可食用的蕨，也只有嫩蕨才可吃，等它葉子舒展開來之後，樣子漂亮是漂亮，但也多纖維，無法下嚥。因此，嫩蕨難尋。

二十年前，我成年了住三重市，偶爾看到有人賣，如獲至寶，買一把，賣菜的人問我：

「你是哪裏人，一定住過山裏的才知道要吃這個菜。」

我笑笑搖搖頭。回家，摘掉老梗，炒一盤，自己先嘗嘗，嘿，眞的十分好吃，再也不怕那氣味了，反而覺得又滑又嫩又香又爽口。可惜三重埔的市場，不常見蕨菜。後來我又住過很多地方，也沒能看到。

將近十年前搬到中和南勢角山窩窩邊，小菜市場上，經常有人賣蕨。我常買，孩子也愛吃。那時孩子才剛學講話，「蕨」字不好發音，我想起自己童年到溪裏採蕨的事，於是告訴孩子：「這是溪邊的菜。」

從此，孩子把蕨叫「溪邊的菜」。南勢角多小山，因此，「溪邊的菜」——嚴格說來該是「山邊的菜」才是，常常有人採來賣。孩子百吃不厭，我也變得很愛吃了。

但是，慢慢的，那山坡地一一被開築，建公寓，建別墅，賣蕨的人少見了，山坡地一一變成住宅區，哪兒再長得出蕨來？採蕨的人只好往更裏頭的山去尋找。採集不易，原先三把十塊錢，漸漸的變成一把十元。總要那麼三兩個月才見著一次，再也不是「經常有」了。有時，物質建設的「飛躍」，往往要使自然生物銳減，這是無可奈何的事。尤其各種菜蔬再也少有以「有機肥」栽培，而是「化學肥料」硬培養的，青菜炒出來總發黑，味道再也不是清甜，相形之下，野蕨的青翠香甜，更爲可口，難怪孩子們愛吃。

搬離開南勢角，到永和，市場上更看不到「蕨菜」了。孩子們常常念著：「怎麼不再買溪邊的菜？」

前些天，我在市場中，忽然看到有個「流動攤販」推車上，有五六把蕨，欣喜望外馬上上前問：

「這菜怎麼賣？」

「一斤四十元！」

拿了一把大的，一秤，五十元。相當貴，也只有買了！問她：「這『桂喵』哪兒來的？」

「人家住山上的人採來放在我這裏寄賣的！」

買了回家，到傍晚，孩子放學回來到廚房喝水，看到了，嬌嘻的大叫：「哇！哇！今天有溪邊的菜！」

炒了一大盤，兩個孩子都多吃一碗飯，把那一盤「野菜」一掃而光。我平日炒半斤青菜，還得「硬性分配」，他們才吃那麼幾口的。

第二天，我再到市場（平時三四天去一次），卻不見有賣蕨的人，十分失望。第三天，我因晚間要請幾位從香港來的新聞界朋友，去菜市場之前，就一心奢望：「今天最好有人賣蕨！」

因爲我做菜技術不十分高竿，而久住香港的人一向很懂得吃的，我做再好的菜，他們也不足爲奇，因此我想以幾樣他們在香港吃不到的「上菜」來取勝。有野蕨當然最好！

在市場中來回走，嘿，居然又有一個流動攤販在賣「桂喵」，如獲至寶，又買了一大把——買多了沒用，這種野菜不能放隔天，會老了，也失去鮮味。此外，又買了幾樣香港吃不到的清甜鮮菜。

一盤清蒸白鯧魚、陶碗燉小土雞、海蜇拌小黃瓜、刀削茭白筍炒蝦仁、溫體豬排骨文火煮絲竹筍片（也是刀削的）、一盤滷肫，再來，就是黃牛肉絲炒野蕨。說家常菜嗎？他們平日未必吃得到的，但又不是館子那種精緻食物。我所持的原則就是「土產」的特色，而蕨，這更是土產中之「土產」，特色中的特色！買得到蕨，使我信心加足一萬倍。有出色的「材料」，「拙婦」也可得心應手些。

菜全弄好，我不作興客人一面吃飯我一面上菜，因為每回我在家請客，以簡單為主，菜全弄好，大家一塊兒吃。把客人請到桌邊坐下之後，我先來個「心理戰」！指著那一大盤翠綠的「桂喵」說：

「這道菜，你們在任何餐館都吃不到的，在絕大多數人家家中也吃不到的，要買也未必買得到，因為這是野菜，可遇不可求的野蕨！」

七位港客全好奇的挾那盤菜，吃一口後又緊接著挾第二次、第三次……，沒多會兒，光了！

「啊！是好吃！是好吃！這菜叫什麼？」

看他們那種吃的模樣，就知道絕不是表面恭維而已。這種「野菜」，本身嫩、滑、清甜又香，沒別的菜蔬食物可比擬的。

一桌菜，能有一樣別人「變不出來」的特別菜，就能使人「心服口服」——不折不扣的「口服」。何況搭配的菜，全是土式，像茭白筍，從沼澤區出來的，我挑才剝外殼葉、不黑心的。像竹筍，也挑清晨才出土的，比水梨還脆還甜。那一桌菜，花的錢不過六、七百塊錢，卻比在飯店花三五千元還讓「港客」興高采烈，關鍵全在一個「土」字。

幸好那天買得到嫩蕨，有這麼一盤「館子絕對吃不到的菜」，就給客人先入爲主的「稀罕」感覺。請人吃飯請得那麼足以自傲，這是第一次。客人走後，我跟外子說：「看我做一次成功的宣慰僑胞工作！」

「小心他們回去跟別的朋友一講，下回他們來了，全指名要你炒一盤黃牛肉絲炒野蕨！」外子威脅說。

那，可遇不可求啊！這種「菜」，就是你自己刻意去山裏尋溪邊找，也未必找得到。到時再有香港來的友人，唉，那我找不到蕨，也只有交白卷了！尤其現在房子愈蓋愈多，以後，不要說可吃的野菜，就是不可吃的野草也要視若拱璧啦！事實上，花店裏已有人將山上啞蕨移到盆中來賣，一盤三幾莖葉脈還一兩百呢！可眞不便宜！

七十、六、八・新副

粒粒皆辛苦

有事找陳，連著幾天都找不到他。忖度著：這個人是「仁者」，八成利用假日拜訪奇萊南湖或大小霸尖山去了。過好些天終於等到他的電話：

「我剛回到臺北。這幾天回家幫忙割稻，忙四五天才忙完。」

「割一個稻要四五天？」我感到奇怪，他家水田只有幾分地，其餘都種果樹筍子。而且，前個月才聽他回去割糯米稻，碰上大雨天，十分麻煩。這些天可都是好天氣呀！應該較省事才對。爲什麼幾分水稻地要割那麼多天？

「割稻快，現在有割稻機很方便。」他說：「曬穀子累人。你知道不？烘乾機烘出來的米不好吃，還是自然曬乾的稻米，煮成飯才會香，才有黏性。這幾天太陽大，天天在禾埕上翻穀、耙穀、收穀，很夠瞧的。」

我幾乎想笑出來，當然夠「瞧」，大太陽下，連曬四五天，這下可成黑人牙膏了。

不過我沒笑出聲音，說眞的，很佩服陳，受完高等教育，目前的工作是文得不能再文的音樂工作，但是，每次家裏農忙，立即放下一切，回去下田「打拼」。也很羨慕他，還不時可享受田園生活。

說「享受」，也只是「置身於外」的人才如此說法。如果眞要胼手胝足，那滋味就不是外人所能體會的。一般人只知插秧、芟草、收割苦，其實，插秧之前要播種，秧苗成長過程中要施肥，日夜巡視田水，收割後更有得忙的。

收割當然盼望大晴天，第一季稻作收成在夏季，南部較早五月節前，北部拖到暑假來臨，天氣好，穀子曬三天可曬乾，加上前收割日，後吹去空穗，總要四五天，人不被曬得中暑，也會「曬乾」。如果太陽公公「溫和些」，就得拖上一個星期了。最怕的是「阿波羅」罷工了，「龍王爺」卻勤快起來，不停的呼風喚雨，那，等著雨水化爲農夫的淚水吧！穀子發了芽能幹什麼？頂多餵餵家禽，連豬都不能吃。

不過現在農家好些，只要大水不把稻子淹壞，就是雨天也得把快掉了的稻子收割好，脫穀，然後用烘穀機。雖然必須多費一些柴油，米也較難吃，但是終究有所收成，還是不錯的，總比以前眼巴巴看著穀子發芽好。

現在農人種水稻還是有幾怕：第一、插秧時沒水，田土龜裂。龍王爺要這時罷起工來，可叫種田兄哥欲哭無淚。第二、稻苗生長期間，沒水固然擔心，大水則怕「全軍覆沒」。今年梅雨季，臺中彰化大水，許多田園流失，八七水災災情重演，不只使第一季稻收成無望，而且要費很長時日重整田園。

抽穗開花時，雨下大了些也怕，全結不成穗，最好有風（太大風也不行）傳送花粉做「風媒」。稻子結穗後還有得怕，除了怕大雨，還怕一種「落山風」，又叫「焚風」或「火燒風」，今年蘭陽地區許多稻穀成空穗，就是一夜焚風吹壞的，農友們叫苦連天。還有，怕蟲害不在話下。

稻子要收割時只要不是大風大雨，就沒有大礙，如今有收割機，有烘穀機，禁得起龍王爺開開小玩笑。當然，收割時，最好請龍王爺「睏大眠」不出勤，而「金烏」能勤快些。能節省柴油還是儘量省吧，烘穀機每烘一千公斤要發動五六小時到十小時之間呢！一甲地平均六千公斤穀子，那要烘多久？有「太陽能」免費能源，何不多加利用？眞的，收割碰到好天氣，那麼就是人要在田原上、在禾埕上連續「抗日」好幾天。那，也熱在身上涼在心裏。

說「涼」，夜晚才眞涼快哩！大竹圍多戶人家在一塊兒住，三合院中總有個很大的禾埕，可以曝曬穀子。至於零散農戶，種沒幾分地，再也捨不得在有限農地上撥出一大塊空地當禾埕（閩南語爲稻埕），地一旦當禾埕，平時都得空著，頂多偶爾曬曬蘿蔔乾或芥菜乾等，再有就是孩子戲耍——其實鄉間廣闊，小孩子在禾埕上玩的時間也有限。因此地質好地區的小戶農家就不太留禾埕。等穀子收成要曝曬，有時借鄰人的大禾埕，有的「借」公路旁、學校操場，更有的借大墓地前的水泥地廣場。地方不夠的就更得時時翻耙穀子才能曬均勻。

不管在哪兒曬穀子，最少要三天，多時個把星期，才能把穀子曬乾。中間當然不能天天夜晚把穀子搬回家裏屋裏收好，只能就地堆成一堆（或兩堆、三堆……），上頭覆蓋防水塑膠布。穀堆如果緊挨著自己的家、或在竹圍內、三合院內倒也沒什麼好擔心，如果在公路旁、學校裏、墓地中、公共場地，甚而田裏（有人在田中間留一塊地當禾埕）。那就要搭一個簡便禾寮，晚上好「顧棚」。不是「顧棚子」，當然是「顧穀子」。否則辛苦了一季的穀子，一夜間叫不肖之徒「大搬家」，那才叫冤枉。

夜晚「顧棚」，那不是頂涼快的嗎？不過，蚊蚋啦、蟲蛇啦，可防著點。尤其「長山鰻」——蛇，白天太熱，它躲著，夜晚才出來大肆活動。草花蛇、水蛇不足掛齒，錦蛇也無大礙，怕的是飯匙倩、臭腥公、臭腥母、過山刀、雨傘節、龜殼花等等。不過，既然是「守夜」，當然半醒著，隨時提高警覺，因此，我還沒聽過「顧棚」的被蛇咬的事。

我少年時家中種稻，田雖有一甲多，但是父兄是「半途出家」，住的房子是在田旁搭「克難房屋」——二十六、七年前一種房屋的專有名詞，是一種以竹篾編牆、糊泥巴，外頭加糊一層薄薄的水泥，沒天花板，瓦片屋頂，夏天熱死了，冬天可冷得要命。沒有禾埕，因此每回割稻，就要借隔鄰竹圍仔人家的空地。人家大禾埕自家用都不夠，所以我們只在人家牆外空地「借一角」曬穀。

初看耙穀翻穀很好玩，我也去「玩兩下」，但也只玩兩下，再下去沒力氣了，而且禁不起毒太陽照射，這不打緊，兩隻腳在穀子上踏過，沒多久，「芒刺在腿」，穀子上都有小芒刺，沒習慣的人眞是受不了，會全身發癢。

夜晚「顧棚」由大哥顧，先點把稻草薰走蚊子。初初我也好玩的在那小草寮（上覆稻草）中鑽出鑽進，玩幾次沒意思了，回家睡大覺。

冬天種麥子，麥子也借人家的禾埕曬，麥芒更長，更叫人受不了。我是個自小懶散的人，拔麥時（有人家以鐮刀割，也有拔的，麥梗留下田裏很粗硬不容易爛），我拔沒多久，便躲在空麥稈堆中睡覺，冬天的太陽最暖和不過了，可是，一覺睡醒，全身被麥芒扎刺，難過得想跳到河裏去。弟弟幸災樂禍的哈哈大笑。他行！他從小學三年級時，就幫別人家芟草，賺一些童工錢，自家的農事也做，當然沒半毛工錢，但他每回做得持久而徹底。他還能耙穀、翻穀。

夏天曬穀，最怕頓時烏雲密佈，這時大家都趕緊把穀子耙成一堆，耙的耙、掃的掃、蓋遮水油布……，然後西北雨嘩啦嘩啦來到，這時，人也汗水如雨水直滴落。跟「龍王爺賽跑」的滋味可不是好玩的，跑慢了，穀子再淋到雨，那，又要等好幾個大好天曬穀子，等不到，只有眼睜睜看著穀子發芽。

我們家種穀子的時間不很久，大概四五年而已，但是穀子發芽的慘事，永遠深植在腦海中，好像有幾次，稻子割了，老天爺卻老哭個不停，堆成穀堆的穀子不能攤開來，濕穀子燜上兩天就完了，全抽芽了！

後來我們搬家，住到一個茅屋土塊厝中，不過，門前有塊禾埕，因爲那裏是荒原，地不值錢，留一塊禾埕不算浪費。我們種過高粱、紅豆、綠豆、花生，於是曬高粱、曬豆子都要利用到禾埕了，紅豆、綠豆，對了，還有咖啡，全是曬乾了再「敲打」，使豆子、咖啡子從莢子中蹦出，然後把上頭的莖葉空莢拿開、除掉，又把泥土篩掉，反正很繁瑣。

收花生較麻煩，那時家裏窮得不得了，買不起棉布手套，花生收成時是整叢整叢拔，連莖帶葉帶根挑回禾埕。晚飯後，一家子就在禾埕中，坐在小凳子上抓花生豆莢下來。全抓下後，第二天就在禾埕上曬。曬乾後再剝花生仁。拔花生、抓花生、剝花生，全用手，一次收成下來，手掌、手指千痕萬道、漆黑的，洗都洗不乾淨。

那時，有辦法一點的農家，都在禾埕上抹一層水泥，沒辦法一點的，自家有養牛的，也以牛糞攪拌黏土，在禾埕上抹一層，這樣就不會一下雨就禾埕變成爛泥地。我們家沒養牛，更買不起水泥，所以每逢下雨就糟了，總要曬久些，地乾了才曬豆子之類的東西。而這時，禾埕表面有一層泥沙，所以等豆子曬乾，要和沙土分開，又是一道手續。花生還無所謂，顆粒大，紅豆和綠豆、高粱、咖啡子，那才麻煩呢！篩土之後，還得挑掉土塊。

有些詩人創造出很美好的詩句：「沒有耕耘的辛酸，哪有收穫的歡欣！」其實，在農家，有時收穫時還得付出許多汗水甚至淚水，尤其是已收割的稻穀，碰到「天公伯」不作美，淚水眞會摻著血水流出。辛苦了四個月得到發芽、霉爛的答案，任誰也不甘心。

現在的農家好多了，有烘乾機、有收割機。這兩樣恩物我都沒用過，不過有幾位家裏種田的朋友，他們家裏都有。儘管有機器，他們仍然一農忙就回去幫忙。

陳在電臺作的音樂節目，得過兩次金鐘獎。可是他跟我談得最多的還是豐原家裏種的作物，水梨種三分地啦，竹筍如何啦，母親種菜，天天仍然一大早挑去鎮上賣啦！妹妹今年考大學還順利等等。

楊的家在花蓮，也常在假期、星期日找不到他，他家裏田裏忙，一通電話就把他召回去。週末下午回去、週日夜車回，不礙上班時間。

我因有昏眩毛病不能自己洗頭，每週去附近一家家庭美容院洗，那個叫「如玉」的女孩子，每回都說我：

「頭髮也不燙、也不做，臉也不搽粉，那麼不愛漂亮！」

她很愛漂亮，搽粉啦，頭髮這麼弄那麼弄，衣服也一下子長裙，一下子熱褲，還常說：「不要亂曬太陽，曬了會起黑斑，一白遮三醜。」

可是，每逢農忙（她家在社口），就向老闆娘請假回去，有時三五天，有時一個星期才再上來，曬得黑黑的，還提一些農產品花生、蘆筍、芒果的上來。再也不管什麼「一白遮三醜」。回去就不怕風吹日曬拚命的做，替父母分勞。

我很喜歡這些朋友，他們不會因爲自己外出到繁華城市中工作，而忘了家中辛勤的父母，仍然家中一需要，就回去，就回到田裏去。最難得的是他們都還保持莊稼人忠厚淡泊勤奮的氣質。

像陳，我得知他這位「大將」在電臺兼差，車馬費卻少得可憐。我庸俗的說：「錢這麼少！爲什麼不挾著金鐘獎跳臺？」（如果以商人行話，他的薪水每月不到半塊錢。）他笑一笑：「這樣夠了！我製作這節目，可以聽到許多自己想聽的曲子。」（他作的節目除了週日每天都有，而且中午、夜裏播出兩次。）

像「如玉」，她書念得雖然不多，但她說：「學工夫比去工廠好，現在工錢雖然少些，可是有一技在身呀！」

像楊，他父母最疼他，要把家產過戶在他名下，他卻說：「給姐姐，姐姐爲了使我們弟妹受高等教育，她犧牲學業、犧牲青春，當然該給姐姐。我們其他的人都有安定的職業，也成家了，不該再要一絲一毫。」

很多人在報章上說：許多農家子弟到城市去就不願回田裏做事，不過，我的朋友都不是那樣的！我想他們所以肯回去，主要的是從小就跟父母共同擔負農事，知道應該守本分，應該不忘本。

七十、七、廿八・新副

追雲趕月

這麼多年下來，我發覺，無論去哪兒住上三兩年，我就「使」那兒繁華熱鬧起來，然後我又搬到較偏僻的地方，可是又要不了多久，這另個僻靜的地方也無法保持鄉野的面貌了。

說是我使住的地方繁榮，那，當然是一種誇大，甚至於是自大。不過，那是事實，從我懂得一點人事的孩童時代開始就是如此，住一個地方三兩年後或三五個月後，周遭的人和建築物，就會由少增多甚至於「無中生有」。

我五歲那一年，住在臺北北門延平南路一條巷子進去第二家，是日式木樓房。樓前有一片樹園子。巷子另一端是三線路（即今中華路），鐵道旁是青草地，有幾個勤快的人家在那兒掘幾圃地種菜。有陣子，小祖母也在那裏種菜，有時還挑糞便尿水去澆肥。「鄰圃」是別人家種的蠶豆，那一莢莢綠色的豆莢，令我垂涎發生遐想。那時小糖果舖子，賣的零食只有三五樣，炒蠶豆是其中之一，一小杯就要好幾十元（舊臺幣），後幣值猛跌，更要幾百、一千才買得到。我們久久才能去買一小杯炒蠶豆，一粒粒慢慢嚼，其香無比。

我上小學後，天天仍然要經過那菜圃。不過小祖母和大祖母回中部祖居去，菜圃荒廢了，接著鄰近的菜圃也一區區野草蔓生，漸漸的，居然有人在上頭用舊木板、鐵皮、蔗板搭矮屋居住。少年不知世間愁，我那時年紀小，也不懂得住那種房子是不得已的，有一天，我和弟弟在自家木樓樓上木欄前，往鐵道那一邊指。我十分羨慕地說：

「住那種房子一定十分有趣味。」

弟弟小我三歲，他說得更絕：「我希望我們這房子燒掉，去住那裏。」

「大金嘴！」背後傳來母親的斥責聲。

誰知一語成讖，沒有幾天的一個早晨，我家隔兩條巷臨中華路那一頭有家油行著火，延燒得很快。我一個叔叔家住在那邊，我們全家人去幫他們搶搬東西。沒想到附近全是木造房屋（那年頭也很少水泥建築），待回到家來，火已燒到附近，搶不了幾樣東西，就全完了。第二天我們再去看，只剩架樓的水泥紅磚柱子，其他一切都燒得黑黑的。

我們在中華路如今約第一百貨公司那附近（當時也是二樓建築）騎樓下住幾晚，然後搬到萬華。「火燒旺地」，我們原先住的地方，後來被別人的「現代化建築」取代了。

在萬華也住靠近鐵道的日式平房木屋。就睡在榻榻米上。五六家一連幢，每一家天花板上固然相通，地板下面也相通。有一次居然從邊屋通風口跑出一隻棗紅色的大蓬尾松鼠出來，據說這種松鼠會在夜裏頭出來挖小孩子的眼珠子。害我好長的時間，夜夜睡覺都做噩夢。還有一次，另一連幢的房子，有一人家大掃除掀開榻榻米，又掀開木板底下，赫然有個人也驚視著她。後來，特派幾個身強力壯的男子鑽進去追捕，順便起出贓物，是一大包衣服（現在衣服滿地攤都是，那年頭人人日子難過，專有人偷衣服鞋襪的）。

隔鐵道那邊則全是水田、竹叢、樹木、溪流、田路。沿著鐵道到北門，欄柵旁，矮屋子愈來愈多，這些屋子全是各種「廢材」搭的，我年齡已稍大，知道那些南腔北調的住民，全是由大陸撤離來臺的難民。

「違章建築」愈來愈多，時局愈來愈壞，物價飛升，人們生活更加困苦。政府呼籲疏散到鄉間去，父親這時帶我們全家住到臺中去。

初到臺中正是暑假，街道兩旁的鳳凰木花火紅火紅的，寬闊的碎石子路上沒有幾個行人，我們搬到一個距離車站不到半個鐘頭路程的地方，卻四周水田。只有我們這一列「克難房子」。這是一種以磚爲柱子，竹篾編牆抹上泥，最外層再抹洋灰，屋頂是灰黑瓦，沒有天花板。窗子是木板成欄狀對拉的。沒有自來水，兩戶用一口井。

克難房子在那時十分「時興」的，因爲正推行克難運動因而得名。我們屋子前面不久也多出好多排克難房子。小偷十分猖獗，不過，漸漸的不太偷衣服，而專以錢財、收音機、縫衣機、自行車等爲主。有一回我家遭小偷，小偷用竹桿加鈎子從「克難窗」伸進屋內，把父親床頭的西裝褲（我家是邊間）鈎出去，拿走口袋中的十幾塊錢，褲子塞回來。

如果不是父親爲人作保，我們會在克難房子多住幾年，而且會遇到修大馬路，我們家正在馬路邊成「黃金店面」。可是那房子只住三年，爲了替人賠銀行的錢賣了，我們搬到更鄉下的大哥家，有一甲多田地。這田原是父親的退休金買的。買時很便宜，後來飛漲起來。

如果那片田能好好守，再後幾年成爲工業區，我們也能成爲「百萬富翁」（那時愛國獎券第一特獎二十萬）。可是大哥把田賣得十幾萬元，借給一個表親，這表親並不因爲是自己人而客氣些，錢拿到手沒幾個月就宣告倒閉，我們家除了田邊一個不成房子的小小屋子空殼子之外，一無所有，連地都不是我們的。

於是我們又搬家，這回，是住親戚的草屋，在荒地之中。還算寬敞，不過，本來是糧倉，根本不是人住的地方。地裏毒蛇橫行，那幾年，總算讓我「認」了不少種類的蛇，有的是書刊上毒蛇專文集圖中還沒介紹過，譬如背脊尖削的「過山刀」，爬行速度之快，恐怕不是人比得上的。還有一種叫「臭腥母」，數丈外就聞其臭，那顏色之髒之難看，大概是居各種蛇類之「首」。不只大哥父親常用鋤頭打蛇，一天少說也有三兩條，連我和弟弟也練出「飛土功」，泥塊擲出正中蛇首，當然，只有一兩尺小蛇我們才敢下手，對那些三幾尺毒蛇還是敬而遠之。溫和的草花蛇幾乎散步一見，父親說那是「土地公的女兒」，沒毒又不侵害人，因此放牠們一馬。

不過即使是如此，沒幾年不但毒蛇絕跡，連「土地公的女兒」也不知出嫁到何方。原因是我們把荒地變成果園，野草全除掉了，蛇蚺無處藏身。再來是附近的田變成新興社區，人氣旺了，這些野生動物不走也得走。

這塊地上，我們家住得最久，約有十年，不過，這其中我曾因工作、求學到外地去。最初是去永和，那時的永和——永和路小小窄窄的；竹林路只是一條彎七歪八的巷子。到處是矮屋子小房子，要不就是竹叢、田野、沼澤、墓地。但是，房子卻在慢慢蓋，慢慢增加。

我也住過三重，最先，我住的地方並不淹水，鄰近低窪地區則會淹一點。但五十二年葛樂禮颱風，全三重市大淹水。誰知水也淹旺地，愈淹水，蓋的房子愈多。我原先曾住過的數公尺寬巷路也拓寬成大路了。

我出校門，初到豐原教書時，那地方還是古老小鎮的模樣，房子矮矮的，甚至於主要的街道還有許多「土塊厝」。但是隨著我自己結婚、生子到離開豐原時，那地方已變成滿街滿巷的小孩子，一棟棟現代鋼筋水泥建築如雨後春筍。我只在那兒教六年的書，就大有「滄海桑田」的感覺。最難過的是我住學校宿舍區，這公家房子「動」不得，但鄰近「翻樓仔厝」的人家愈來愈多，而且附近田野也都蓋起房子來。於是雨下得稍稍大些，水就排不出去，而且倒灌入我們宿舍區，那「黃金」「黑水」飄浮而來，叫人簡直過不下去。

後來我又搬到北部，到一個叫「南勢角」的地方，顧名思義，這就是三面山南面缺口的山窩地帶。我住的是新興四樓公寓最上一層（這在當時附近也是少有的），爬到樓頂放眼望去，一大片山，一大片田，還有大片大片的沼澤野地。夏夜出來，螢火點點；

冬天時，芒花滿山都是。

最可喜的是山腳下有山泉水窪子，蜻蜓到處飛。蜻蜓多不說，種類也多，大的、小的、特大的，紅色、黃色、草綠色，甚至有墨黑和寶藍色。至於野鳥更多，知了更是長夏不斷的接著合唱。

可是，這美好的日子並不能長久，挖土機、大怪手先到，貨車接踵而來，三兩個月，一個社區冒出來，一年半載，又是「面目一新」。那些山野田原漸漸變成一棟棟高高低低的「花園洋房」——卻是本來有花變無花；還有什麼「公寓」啦、「別墅大社區」啦；自然生物漸消；人造物漸長，這不打緊，最要命的是住戶直線上升，自來水卻擴建不及，每年夏天總有三兩個月飽嘗斷水之苦。

先還有山泉、井水可取，但後來，山泉被塡沒了，井少了，人卻增數十倍（甚至於可說數百倍），常常只有「乾巴巴」的等消防車送水來。爲了爭水大家傷和氣。

我又搬家，爲了避免再傷懷自然漸逝，乾脆就挑鬧區居住。我又住到永和，想起二十年前這附近還是村野，轉眼間，已有「小西門町」之稱。不過，還好，我住巷子中，還算安靜，一轉出巷子，就有「車馬喧」了。

而且更可喜的是：我搬來沒有多久，永和鎮就改縣轄市，永和市又有「綠化運動」。每一條路的人行道，隔一兩個房子就有一株樹，而且每一條路有各自的路樹。

我家巷子出去這條路的路樹最美，是柳樹。柳樹最容易種活，而且枝葉長得快，不到一年就已婆娑多姿。我每次出門出巷子，迎面而來就是夾路的楊柳，淡化了馬路中來回奔馳的「機械聲」。聽說這麼多柳樹，都是一位姓林的熱心人士捐贈的。這些樹現在都已枝葉扶疏，想來三五年後，這條路將變成永和最有詩意的路了。

鬧區中的路樹，雖然比不上廣大的山林原野之美，不過，日復日，月復月，見那些彎彎的柳條愈來愈生意盎然，這已是「喜悅漸增」，而不再是「痛失自然」之苦。所以，儘管「結廬」在有車馬喧的人境，我仍然知足，本來嘛！在這「日」新「月」異的時代，誰也無法奢求常年生活在自然風月之中，不自求多福又能怎樣呢？（前數日聽到消息：中華路商場準備拆除，我不禁感慨：眼見它由野草地成菜園、再成違章建築，再改成中華商場，如今要拆，這也好，我眞希望再回到三十多年前的青草地！當然不可能！不過，人工草地或人工「樹隊」，也是很好很好的啊！希望綠化運動普及都市裏的每個角落。）

六八、八、廿二・中華副刊

井

儘管我比同年齡的朋友們，更能記得稚幼時期的事情。不過，四五歲時的事物，至今仍能歷歷在目的還是有限。像在田坎下躲飛機的轟炸啦，像在中壢街頭看人吃魚丸湯垂涎三尺啦，像被瘋子追等等都很深刻。

印象最鮮明的一件是：住屋附近有一口公用井，那井中有一條紅蛇日夜據守著。那條蛇從不爬上地面，只在井裏邊石縫中，偶爾伸出頭看看打水的人，牠也不咬人，也不離去。附近的人家都說從沒看過紅色的蛇，因此認定這條蛇是神明，是守護這口井的神，大家相約不趕牠不惹牠，不但如此，大家還早晚各一炷香，向牠膜拜、禱告。

大家看慣了，也不怕那條蛇，那蛇也不怕人，彼此相安無事。我常跟母親到井邊，井沿不高，我可以看到井中，也看到那條蛇，我指著蛇問媽媽：

「牠為什麼是紅色的？」

媽媽急忙按下我的手，說：「不能指！指神明是大不敬！」

我不明白為什麼「神明」就不能指？不過，那滿是青苔的井中石頭縫裏的紅蛇——帶著黃銅的紅色蛇，永遠存在我腦海中。生命中的第一口井，竟是有蛇，哦，不……竟是有「守護神」！

離開那口井，到有自來水的大都市中居住，童年在臺北市住過四個地方，好像從沒發生過自來水「斷水」的事情過。也許正因為如此，所以對那階段的「水」竟沒半點印象。

然後搬到臺中和右鄰共用一口新井的地方。那一口小井，我今天回想起來仍然一腦子昏濁的。因為我們兩家的廁所相靠，而那口井又離廁所不到兩公尺之遙。那時，我連「化糞池」都沒聽過，當然，我們的廁所，每半個月一個月，就有「黃金大隊」降臨「淘金」。「淘金」時，稍稍不小心，長竹柄杓很可能就從井口上「過境」。

因此，我們打那井水上來，不能直接煮來吃喝，先是用明礬沉澱髒物，可是明礬只是使水較清澈，但沒能除去臭味，所以後來就訂做一個「沙濾」。這是用鉛片打成的高圓筒，有點像現在大機關學校裝開水的飲水筒，較高些。中間舖粗石子、細石子，棕櫚葉、細沙子、木炭等等。木炭可吸臭味，每隔一段時間要更換。至於石子和沙子棕櫚葉經常要洗濯。井水經過沙濾，就潔淨多了。

母親又在井中放養幾條魚，說是專吃井水中小蟲的。我們平時洗澡水都不過沙濾，直接汲水倒在大鍋中燒，屋後光線又朦朧，有一次我打水燒洗澡水，燒熱後倒在澡盆中，才發現有條魚已被我煮死了！

那口黃水井（而非清水井），還有件使我畢生難忘的事。每晚，我必須汲水倒入沙濾上頭，直到淨水流滿了一水缸。我個子又矮（小學畢業時才一二一九公分），沙濾筒本身已有三四尺高，又要架在木架子上以便流出的水能進入水缸中。我每次打井水，必須腳墊個椅子才能把水倒進沙濾上頭。因此回想起那口井，手膀就直酸累起來，連胃都翻騰著，奇怪，在那兒住了三年（小學六年級到初中二），是怎麼捱過去，怎會不介意廁所在井邊？眞是少年不知愁滋味。

那時，我很喜歡另一口井，那是小祖母家的井。小祖母和三姑同住，在大坑溪邊上，那溪很深，有二丈深，好幾丈寬，應算是小河了，屋後有一口井，十分清澈，井不深，不過很大，井沿是山岩砌起來的，十分古拙可愛。不只小祖母用這口井，附近好多人家都跑來這兒汲水燒飯燒開水，因爲那口井的泉水很清甜。

小祖母在我初中二年級時去世，從此，我很少再到那兒看那口井。現在大坑是劃爲中部觀光風景區，那口古井不知還在不在？

高中畢業後，考大學沒考好，賦閒在家。可是家中境況不好，不能養我這麼一個閒人，這時二姐正好從田莊到埔心一新蓋的市場中開雜貨店，她孩子又多又都年幼，因此叫我去幫忙看頭看尾照顧店裏生意。那裏沒有自來水、沒有溪流，因爲在高地上。只有一口古井，井深兩三丈。

井那麼深，我老打不到水，因爲水桶扔下去，角度總是不對，繩子沒跟著掉下去已算本事了。可是我看別人都照樣能一桶一桶滿滿的水打上來，我試了好久，總算摸出竅門。打水時，水桶不能口正面朝下，而是稍稍斜一點，水才能入桶，進而滿一桶。

這深井，拉一桶水上來，要比一般淺井費上數十倍力氣，我每天打那麼幾桶自己洗臉的水，就累得眼睛直冒金星，手掌也腫痛起來。更別說幫二姐一家子打吃用的水。二姐待我很好，常叫我：

「你看著小圓仔，看看店，我來打水。」

小圓仔是最小的外甥女，才剛會走路，但又聰明又可愛，她最喜歡跟我這個「屘姨」在一起。常一起床就屘姨屘姨的叫不停。

可是這屘姨一心想重考大學，只在那兒住一個冬天，過了年後就上臺北，一邊在個小學工作，一邊到補習班補習。

春天，我正邊工作邊啃書忙得不亦樂乎，忽然，四姐告訴我：二姐的小囝囝跌落那深井中，等發覺設法下井撈上來，已溺斃。二姐一家子傷心死了。

我好久好久不敢上二姐家，怕見到二姐，怕看到那一口傷心井，尤其想到小囝仔最愛叫「屘姨啊！屘姨啊！」心中便一陣疼痛。

從此我很怕看到井，一看到井，便聯想到「意外」。尤其自己有了孩子以後，帶孩子玩都離井離得遠遠的，偏偏在兩個孩子在一個半歲一個不滿兩歲時，我搬到一個很多井的山窩窩。幾乎沿著山腳，走沒多遠就看到一口井，甚至於在街邊也有井，雖然那兒有自來水，可是好多人家仍然喜歡到井邊打水洗衣洗菜。

孩子會走會跑之後，我常告誡：不要靠井邊啊！卻又擔心：愈不叫他們做什麼他們愈要做，總怕著我一不注意，他們出去玩，跑到井邊去。

有一回，兩個孩子不知跑到哪兒去，我到他們常去玩的幾個人家，幾個空地上都找不到，天已暮，我十分心驚，一口口井去看，有蓋子的去掀開來探視。一直尋到半山腰的人家還看不到人，直後悔自己平時常愛帶他們上山，說不定兩個小傻子自己爬山去了不知道回家。

後來再轉回家，卻看到小兄妹倆已不知到哪兒玩得一頭一臉泥正回來了。我這才放心下來。但又怕以後發生類似的事，我常擔著心。鄰居說我太愛護小孩，看得太緊了！不看緊怎麼辦？帶小孩，只要有一分鐘鬆懈，走出了視線，下面就有許多「未知數」在等待著了！

那山窩窩，所以井多，主要是每年到夏天，自來水不自來，清冽的井水這時便大有用處了。不過，我情願等消防車送水來，不願帶稚弱兒女到井邊提水，因爲怕他們學樣學出毛病。

直到兩個孩子都上小學了，都懂事了，我對井的恐懼感才慢慢消除掉。可是隨著山坡地逐漸開發變成住宅區，山腳下那些井也一口口被塡掉了。隨著拓寬馬路，那街邊的井也一口口沒了。想再見一口井，竟是如此之難。

搬到現住這個家之前，我常想到：在院子中打一口井，以備夏天自來水不自來時可用。但是幫我整修房子的工頭卻不願賺這個錢，他說：

「井水要常用，水才會清，再說現在到處都是化糞池臭水溝，挖淺井只有引那些髒水來。眞要怕斷水，可以打深水井，打到地下兩三丈深，用一根鉛管引上來，裝一個壓縮馬達抽水上來，那，也不需要開井，只有一尺見方的土地就可以打到地裏引地下水。

現在沒有人打井了！」

再也沒人打井，而是抽地下水？「井」竟變成沒落到無需存在了。我開始懷念起那些大大小小和各式各樣的井。

六八、十二、廿一・臺灣時報副刊

童騃歷程

如果說：行萬里路等於讀萬卷書，那麼，我在升國小六學級之前，少說也讀了三五千卷以上的「書」了。

在沒念實質上的書之前，我就常常東跑西跑，被大人們稱爲「遊擊隊長」，是童稚伴侶中的小頭目。入學後，課餘時間更和同學到處遊逛，從來不知什麼叫做累。

升小學三年級時，家中慘遭火劫，我們只好由臺北城中區搬到萬華，卻沒有轉學，每天從萬華走到小北門的福星國小上學，來去至少有三五里路。那時搭一次公共汽車大概要三毛錢，比起今天來，那算是很昂貴的票價，好像幣值剛由舊臺幣換新臺幣，舊臺幣四萬元換新臺幣一元，所以三毛錢已十分多了，一般人家都捨不得花這個錢。再說由家中走到站牌已好長一段路，下車後又要走一段路，所以乾脆不搭車。再說車次也很少，半個鐘頭以上才一班車，等的時間，早就快走到學校了。

我和四姐天天一大早就出門，夏天還好，冬天幾乎是「摸黑」出門的。我們姐妹倆順著軌道走，邊走邊玩，有時數枕木，有時比賽誰能在車軌上走久一些。那年頭也沒有交通標語，說什麼不要在軌道上玩之類的，事實上火車班次也很有限，頂多只碰到一班車。再說：軌道上走起來清爽乾淨舒適，不像鐵道兩邊的泥巴路，碎石子路那麼難走。

不過後來我們還是不走軌道了，倒不是有人勸我們，而是因爲在那上頭碰到幾次令人心驚膽跳的現象——支離破碎、血肉模糊的屍體，聽說那都是故意跑來臥軌自殺的。我小時雖然是頑童，不過對死人還是「畏而遠之」。尤其那一地段（廣州街口），常有人跑去自殺，那時民智未開傳說紛紛，說什麼橫死的人都要找個替死鬼，靈魂才能「超渡」，所以會一個拉一個赴枉死城。

我長大後回想：可能那時大陸剛淪陷，時局最壞，人心惶惶，所以有很多人想不開，而且自殺症有「傳染」性，頹廢喪志的人想一死了之。

但當時年紀小，只怕：那些死人一定要拉替死鬼，我還是走遠一點爲妙，以免哪一天也被拉去做「墊腳」的。從此走鐵道外的泥巴路，路上草兒總是滿是露珠，路另一邊有田野竹林。有一回，又看到一件可怕的事情。有個被溺死的棄嬰已被人打撈上來，擺在田溝旁邊，天色雖然還早，但已圍了一堆人。有人去叫「土公仔」來，然後大家你一毛錢我兩毛錢放在地下；準備給土公仔（專門收嬰兒屍體去埋葬的人）。我和四姐也各放一毛錢下去。雖然，那時我們很難得有個零用錢。

在西門町段的三線路（中華路）是寬闊的碎石子路，鐵路欄柵外，到北門這一段，有不少棕櫚樹。那時還沒有中華商場，但是違章建築漸漸增加。有的用鐵皮，有的用木板，更有的用蔗板就那麼七拼八湊的弄成一個小房子遮風雨。我常看他們在屋外升煤球火做早餐，那些主婦，一個個蓬頭垢面。都是些逃難的人家，我看到不由得觸目心驚，離鄉背井的人多麼可憐啊！

早晨去學校，較少在路上逗留，放學回家的路就不會是直的了。我多半走西寧南路那一邊，因爲熱鬧多了，可看的東西也多。像那蛇店主人殺蛇，打開籠子一下子就抓一條蛇——說確切些是「捏」一條蛇上來，然後蛇頭套在壁上的繩圈中，用刀子在繩圈下劃一圈，整張皮就由上往下慢慢撕了下來，然後又開膛破肚，然後……。這一駐足，起碼半個鐘頭，一點也不知時間的飛逝。

有時則鑽進電影院，那時電影院不多，看的人也不太多，不在乎我這麼一個小白看戲的。有時則彎更遠的路，到博物館的兒童圖書館借書，邊走邊看，有時看得入迷，就站在馬路邊看到完才再走回家。

到淡水河邊摸蜆、看大肥船（專運水肥的）；穿過四條通、五條通到田野玩（今林森北路）；或者到大稻埕看大戲、去東門遊蕩，好像整個舊臺北都跑遍了。

記憶中，讀福星國小時幾乎沒啃過書，甚至於作業也很少，不過，我的功課總是四、五名之間。以我那種念書態度放在今天的小學生中；恐怕會名列殿後吧！至於常去看白戲，要是在今天的學校校規來說，可能會被列爲「問題兒童」。而我那時，不但功課名列前茅，而且操行成績永遠是甲等。因爲我每學期都全勤，這在學期末了就可以加好幾分操行分數；而且我每天最早到校，到學校後就有個習慣，先提水灑教室一遍，把窗子都打開，空氣清爽了，才感到舒服，沒想到常得「服務獎」。

早到校的習慣是父親培養出來的。父親每天一大早就叫全家起床，母親這時飯菜也都做好了，我們吃好飯、漱洗好就帶著飯盒出發。往往我和姐姐到學校時，值夜老師還「高臥」在辦公桌上，蚊帳斜七歪八的掛著。

父親從來不許我們晚睡，也不允許我們晚起。即使是休假日，也一律五點以前起床。不過，父親常在假日帶我們到植物園觀賞植物，辨認各種類別。有時會買糕點或米乳給我們吃，所以我小時候很喜歡跟父親出門。

跟母親出門則是受罪了。常常走好遠好遠的路，走得口乾腳酸，母親還捨不得花一毛兩毛買「枝仔冰」給我們吃，更別說買別的糕點。記得母親最常去臺北橋附近的一座廟燒香，從萬華走到臺北橋再走回家，眞夠累死人。其實，以我平時東晃西逛的「腳程」來比，萬華到臺北橋也沒有什麼多了不起，只是跟母親走，既沒得吃，又不能玩玩停停東看西看，路邊雖也不少人家擺個茶壺茶杯「奉茶」，可是解除不了心理上的「渴」，所以愈發覺得累。

至於學校的遠足（今天改稱旅行了），可眞是不折不扣的「遠足」。小學一年級第一學期就是由學校走到圓山動物園。後來不知哪一學期，居然是到草山遠足。草山，今天的陽明山是也。那次，我們全年級學生個個眞走得七葷八素，明明看山就在眼前，怎麼老走不到，等走到山了，又走一大段，好容易老師下令「席地而坐」，大家才如獲重釋，趕緊拿便當出來吃。

那年頭麵包是「奢侈品」，包子饅頭還不時興（當然也是奢侈品），學童遠足總帶個便當，外加幾粒牛奶糖、金光糖（圓圓如同小彈珠），和幾粒鹹橄欖或酸梅，那已是頂不錯的了，水壺不見得人人帶得起，有的連便當都沒有，用竹籜包兩個飯團，如此而已。至於「水果」，那時的普通人家沒有這個名詞，當然，也是屬於奢侈食物。

年級高一點，搭過火車到外地遠足，也搭過公路局，去哪兒，忘光了。只記得搭公路局我會暈車，因爲以前都沒搭過這種「大汽車」；而那時馬路又奇差無比，公路局走在路上如同地震。我覺得還是「遠足」好，用腳步行，比被車子震得五臟六腑都搬家好太多了。

要升小學六年級那一年暑假，搬家到臺中。陌生的老師、陌生的同學、和以前絕然不同的環境，使我開始得了嚴重的思鄉病，我想念淡水河邊，想念那鐵道，想著植物園，連蛇店、電影院都懷念不已。甚至於去臺北橋那一路又渴又累的心情都想重新溫一溫。可是，我馬上要升初中，要應付那初中聯考，我自己雖然仍心存「遊蕩」，但是新的老師逼著我「上架」，乍時受約束，倍加痛苦，也因此，五年級以前的歷程，在腦海中更加鮮明的活跳，竟成爲一輩子永遠滅不了影像。

前些時日，我帶小兒搭公車去圓山動物園，回家時他嫌搭公車好累，要搭計程車。我告訴他：我六七歲時走碎石子路到圓山的，他不信，說：「媽媽騙人，圓山那麼遠怎麼走得到？」我能說什麼呢？夏蟲不可語以冰，更別跟他講走路到陽明山的事了。

快樂家庭月刊

在萬華的日子

整理書櫃，其中有一箱裝的全是泛黃的老證件，這原是前年弟弟整修房屋丟在院子中不要的，我把那些「古老」的東西一一撿回來。現在重新審視，感慨十分。

有一張是三十年前，父親向臺北市政府「承租」房子的契約，實際上頂的居住權，有優先以公告地價向市府買地產的權利，也有頂讓權。三十年前，臺北的房地產便宜得像狗屎，不要說是承租權，就是買，一根金條就可以買十來幢房子。

我們原先承租的北門的房子被焚燬了後，在三線路邊一遠親家「擠」了一兩個月，父親很快的在萬華再頂下一間房子。沒想到三十年後的今天看這張契約，有很大發現。

租的是柳州街九十九巷十二弄九十四號。地上建坪只有十五坪。這使我覺得奇怪。前陣子到南機場看朋友，那每間只有十幾二十坪的國民住宅「公寓」，我還覺得臺北市政府蓋得眞不合理，一家子怎麼只有住這麼窄小的地方？

沒想到自己小時家裏人更多，住的房子更小，那時也沒有覺得小。而且我們家搬進去時共八口，第二年，又添了雙胞姪兒。已是十口，這不打緊，有陣子，屘叔帶新嬸嬸來，一住數月。另有段時間，四姑媽的女兒也借住我家半年多。這麼多人，居然住在只有十五坪大的房子裏。

而且這房子是日式房子（那時臺北市區大多是日式房子），扣除入門的玄關，房後的廚房、旁邊的大壁櫥（日語音『袖擠』，專放棉被、皮箱、蚊帳的），以及廁所等等地方實質上又能有幾坪？絕對十坪不到。

這十坪不到的榻榻米席子上，我們白天晚間在那兒吃飯、活動、做功課、招待客人，房中擺一矮腳圓桌，兼書桌、飯桌、茶几一切用途。夜裏，則桌子收起來靠牆壁，掛上蚊帳、擺上被子，變成臥房了。

變「臥房」時，可將紙門拉上，隔成兩三間，不過通常只隔兩間，一間小的是大哥大嫂睡，其餘的「大統艙」我們大家擠。只以帳子隔開。

我們家裏只用兩個燈泡，廚房一個、大統艙一個。那時收電費是按電燈泡計費的，沒有所謂「電錶」，更沒有日光燈。晚上我們姐妹寫功課，就是跪在席子上，圍在矮圓桌邊寫，不過我也很少功課就是了，我多半擠在那兒湊熱鬧，看姐姐們的書。

每家的自來水，也好像是不經水錶，用多用少，都是按戶收水費。那時候大多數人，心地較純厚，不用就不會無謂的浪費，沒有說沒事故意叫自來水流著、電燈泡亮著的事。

以前的人都較「惜福」，認爲人的福分有一定，今天多用了一分，日後就少了一分可享，像吃飯，絕對不蹧蹋任何一粒飯。吃菜，有一滴湯一片葉子也要吃掉。

不過，話又說回來，那時大多人家，都沒有多餘的食物好糟蹋。像米，按戶口人數可以領買公定價的配給米，那些米不太夠，不夠的，有的人加番薯籤，有的去買黑市米，昂貴多了。

爲了買配給米，我有次差點丟了自己。那是我們搬到萬華柳州街當天下午，母親他們因爲忙著整理「新居」，於是叫四姐和我去買配給米，我家戶口還沒遷，因此必須回到原先城中區的配給站去買，配給米店在開封街。我就跟著四姐從萬華走啊，走到北門。

那時好像配給米也有一定日期，反正有十幾人在那兒排隊買米就是了，四姐在那兒排，我呢，就蹓到附近同學家玩去，等玩夠了回米店，完了，四姐已走了。

而我，雖然一向好玩，但是認路的本領奇差。對新居只有早上搬家時跟著家人去一趟，然後又邊走邊踢石子跟四姐回來北門，根本搞不清東西南北。我呆呆的走到中華路邊，站在那兒。

天愈來愈黑，再也看不清什麼了。我開始掉眼淚，又不敢哭出聲音來，常聽大人說有拐帶小孩的。我有一堂哥的兒子就曾被偷帶走，經過半年多尋找，終於找到。年頭很壞，我生性雖迷糊，這時倒不敢哭嚎，怕引人注意，坐在路邊的大石子上靜靜流淚。急著急著，忽然聽到有人從遠遠的地方叫，愈來愈接近：「矮米絲！矮米絲！」

那，不是媽媽在叫我嗎？「矮米絲」是我一個人特有的小名！不會是別人的媽媽叫別家孩子！我一高興，竟嚎啕大哭起來。

原來四姐拿一袋米一路走一路停，氣喘喘到家，母親一看我沒跟回去就著急，趕著來，一路走一路叫，也幸好我老實，沒亂跑亂闖，要不被拐帶走了，今天的我不知又是什麼情況。

第二天起，母親就吩咐：每天上學，我和四姐一定要一道兒走。反正我們同校，姐姐小學六年級，我小學三年級。後來四姐上市女中以後，我們也同走一段，直到長沙街口才分路。

我們的房子，正好在廣州街警察學校後面，好動的我，沒多久就在那一帶活躍起來。我和弟弟和鄰近的小孩，常跑到警察學校裏玩，從後門進去。尤其寒假暑假，不分早晚，我們都去。久了也摸清楚學校裏大大小小的事。

最奇怪的是那些「教官」不見得老，學員卻有老有少很不整齊。他們一天只吃兩頓飯，早上九點多吃一頓，下午四點多吃第二頓。

他們常在那兒操練、跑操場，唱戰鬥歌曲。「莫等待、莫依賴！」「消滅朱毛殺漢奸！」「共產黨你不必夢想！」……一首首，我們都聽會了。

我看那些受訓的學員十分苦，誰犯錯就要受罰。像舉槍在太陽下罰站，一站一兩個鐘頭。

前些日子，和幾位文友碰面，段彩華說起他三十年前當「少年兵」隨軍來臺時在南部訓練也很艱苦。朱西寧更說他有「不黑之冤」，由於曬不黑，任何長官來一看他特別白，以爲他平時常摸魚不出操，特地罰他在太陽下曬。羊令野也敘說三十年前受「千錘百鍊」。不過他們全下結論：也幸好那時磨練得十分徹底，身子的基礎打好，所以今天能不怕冷熱，不怕忙累，連熬幾天沒睡好覺也照樣好得很。

我三十年前可不知那是一種「訓練」，只想那些被罰的警校學員的可憐！不過他們也有休閒的時候，有的一休息就和我們這群小孩子玩。

有回一位學員發現我是客家人，於是很高興的到我家攀親，他是廣東梅縣人，而我們則是廣東蕉嶺，這兩縣相鄰，而且同屬嘉應州。從此他常來我們家，當然，一來我家就得脫鞋上榻榻米。他和父親倒談得很投契，有時下一下棋，有時聽聽父親拉胡琴唱一段京戲。

我家左鄰是個做小生意的人家。阿爐嬸在昆明街一個街口擺香煙攤，有時她媳婦去替一替。她兒子則推著手推車到處去賣菜。她有個小孫女兒，比我小，胖胖的，叫「阿珠」！有天阿爐嬸來我家和媽媽聊天，阿珠大驚小叫的跑來，直叫：

「阿媽！阿媽！雞母生鴨卵啦！」

大人們全哈哈大笑！原來那年頭雞蛋十分稀少昂貴，沒有所謂產卵雞，母雞一年頂多生三、四窩蛋，也多半要抱小雞的，除非「沒形」——未受精卵，孵了七天照日光看沒形才有淘汰下來賣的。至於鮮雞蛋，那是新母雞生第一次蛋不叫孵，才有新鮮雞蛋賣出，因此十分昂貴。

一般人家都吃鴨蛋（那時已有菜鴨，即專生蛋的鴨子）。平常都說鴨蛋鴨蛋習慣了。怪不得鄰家的阿珠會叫母雞生鴨蛋了。

我們右鄰家是個福州人，做木匠的。老兄弟倆，做哥哥的沒妻子兒女。弟弟有老婆孩子孫兒。我只跟老弟弟木匠的孫兒學會一句福州話「卡溜」——遊戲。這正如外省人來臺最先學會的閩南語是「剃頭」——也是遊戲這一詞。那老弟弟木匠有一晚睡著，直夢見他老哥哥跟他說：「我要回唐山去了！我要回福州去了！」

天亮一起床，發現他哥哥已無聲無息無疾而終。

這是我第一次對「死亡」有很「美」的一次感受。聽那福州仔小玩伴說起他伯公的死去經過，我覺得那麼安詳的去世，一點也不可怕。

父親做五十大壽時，大姐、二姐他們都回來，一家子熱熱鬧鬧。可是沒多久，父親因血壓太高而不能上班，他一直想到鄉間去住。於是，我們柳州街的房子又頂讓出去，到臺中住去。在萬華住的時間，不到三年。

搬離萬華後，我就一直沒再回柳州街過。雖然以後，臺中臺北往往返返數百千趟，在火車上，我仍然可看到「警察學校」，也可依稀看到舊居的屋頂，可是一直沒機會回去看看。近年，遠遠看舊居那兒面目全非，近看可能更難尋舊跡吧！

去年，我有事到廣州街，才看到警察學校不知何時已改成「龍山國民中學」了。看那些十幾歲的國中生出出進進，我不由得回想起三十年前，自己在這學校的後門出出進進！

學校操場中的大樹還在嗎？那是我以前常攀爬的。靠鐵路邊的高大喬木上，長夏還有知了在唱歌嗎？我以前可是經常「戰果豐碩」呢！一天燒兩頓飯的廚房大概改做其他用途吧，說不定拆了。還有……還有太多了。兒時是一首充滿了稚情的詩篇，不時的回到腦中吟詠！

六九、一、十七・新副

訪舊

那一天，微飄著細雨，但是由於那長久埋在心胸中的呼喚聲愈來愈大，終於，我下定決心回去三十年前的萬華舊居看一看。

這些年中，我不是沒去過萬華，離舊居不算遠的西門區，更一年常去那麼三幾回。可是，我就是沒轉到舊居去看一看。倒不是絕情，而是害怕回去一看，面目全非徒增感傷。因此心中儘管想著、念著，腳步就移不到萬華柳州街去。

這一天實在忍不住了，我很想知道：從民國四十一年，搬離開那住了三年的舊居，到底怎麼樣呢？於是，那天就從永和搭車到貴陽街口下車，走進柳州街。咦，警察學校左旁原是個巷道，如今已拓寬成好寬好大的馬路，跟以前完全不一樣了，巷左邊的人家，不知都移到哪兒去？三十年前，這條巷道，有警校圍牆內與巷道中高大的樹木遮蔭，現在，光光的。巷道中的榕樹固然已沒半棵，警校竟因拆石牆也把大多的樹去除

——也許樹早就去掉了。

爲什麼要把那充滿了古典樸拙大石塊砌成的石牆拆除呢？看那長長方方的大石塊東散西落，我好想搬它一塊，拿回家放在院子中，那滿是青苔塵泥的花岡岩石塊，有我多少童年舊夢啊！可是，這大石磚，我搬不動，而且，那是公物！甚至於「警校」，也只能留在舊夢中，如今已改成爲「龍山國中」了！許多舊的房舍被拆除，改蓋新大樓，有的正在拆除中，許多記憶中的樹，全沒了！

再往下走，要轉到學校後面的巷子，哈！有了，那一株「駱駝樹」還在，以前，只有丈來高，我常去摘幾片樹葉，只因爲那葉子毛絨絨的摸起來感覺很特別。如今，已有兩三丈高。這種樹眞正的學名是什麼？我不得而知，只因爲玩伴們稱它爲「駱駝樹」，我也跟著叫！說不定它本來就是叫這名字。是什麼名字又有什麼關係呢？只要「老朋友」還在就好，如今我已摘不到那樹葉了。

學校後面的巷子，似曾相識，卻又很陌生！原來有的房子還是三十年前的外貌，有的則改建成公寓。路面則全部由泥巴路改成柏油路面！記得以前，每次下雨天，光著腳，在這東一窪水、西一窪水的泥巴地上走，泥水，唧唧嗞嗞的從腳趾縫中冒出，好舒暢，天晴我們走路也總望著地下，說不定會撿到小鐵片破玻璃片什麼的，破玻璃，半斤就可以換「收鴨毛酒干」小販車上的兩根麥芽糖，空罐頭呢，一個就可換一個芫荽麥芽糖夾餅。如今，不要說破玻璃片，連大多數完好的瓶瓶罐罐，收買破爛的都拒收呢！

怎麼想到收買破爛的去啦？往裏走，靠近了，靠近了，我小學三年級到五年級住過的巷弄靠近了，那，已快接近鐵道。「叭——」，一輛電動火車適時快速的開過去，沒有煙，沒有水氣，再也不是我童年時，那遠遠就看到的高高的黑煙柱、白水氣，「嗚！嗚！嗚！」驚天動地而來。這一段軌道，彎得厲害，警校右側的鐵道上常壓死「行人」——那時的人都愛走火車軌道，我和姐姐就是天天在那上頭，邊練習「平衡工夫」邊上學的，「血肉模糊、斷腿殘肢」的鏡頭看過幾次後，收了心，乖乖走旁邊的田路。田路？如今那邊卻田也見不著，草木也沒了，全是路和房子，最多加上「人工樹」。

愈接近舊居，我愈緊張，不知那兒變成什麼樣。向前走吧！向前走吧！也許天雨，也許是午後時分，這附近都沒什麼大人出來。我原想碰到人，能問一句：「阿爐嬸還住不住這裏？」可是見不到半個比我年長或年齡相若的人。阿爐嬸如果還在，至少八九十歲了！我只記得他們一家，別的人家，都已印象模糊，她住我們左邊一家，我們那一排，一共四個房子連著。

走進小弄，回舊居門口，沒變，大體模樣仍在，只是怎麼好像縮小縮得厲害，變成

「模型」屋了？哦，也不對，「模型居」都新新的，齊齊整整的，這房子又古老又破舊又矮小！好像違章建築。以前我家一家十幾個人就住這種小屋子？我從弄口走向弄尾，

「我」家家門微開，但，裡面沒了玄關、沒有榻榻米，卻改成有個小小的客廳，裏面是房間。還是有改變的！小弄裏的地也不再是泥地，而是水泥地。記得以前，母親每次把燒過的煤炭球渣倒到門口路面，以免一下雨泥濘不堪，現在的人家不用煤炭了！也不需煤球渣來舖門前路面了。

雖然，這房子有所「改進」，我仍然覺得失望，這，就是我魂牽夢縈二十八年的「舊居」，像違建戶的舊居！忽然，我感到好笑！從民國四十一年夏天，我家搬離這兒到臺中之後，我和弟弟常常不勝唏噓的說：「萬華那個家多好！」母親也常怪父親：「都市裏不住，搬來這窮鄉苦莊！」

過了這麼多年，這裏，大體依舊，只是，如果叫我再來這「麻雀窩」居住，我就要考慮考慮了！這棟房子，年前回娘家偶爾翻到舊資料，這屋子全部面積僅十五坪，那時還以爲「資料錯誤」，如今來舊地重遊，才發覺的確小。奇怪，過去多年，印象中爲什麼總是：「萬華那個家很寬敞、很好！」

百思不解的離開舊居，我從後面的巷路走，到和平西路，正在高架橋下，仰頭望高

架路橋，車子在上面飛駛！我踽踽走到鐵路平交道，心想：這裏汽車不用再等火車，人也不再沿著軌道走！因爲人多了，路多了，房子密集，車子如蟻！火車班次緊密。

有了，有了，有了，爲什麼以前「萬華的家很寬敞很大」！只因爲那時，我的活動範圍很廣，那時，車子很少，鐵道另一邊不但沒大路，也沒什麼房子，都是田、溪流、樹木、野草和竹林！我們上學的路上，天是藍的，地是綠的，鳥聲啁啾，炊煙裊裊！連鐵道上的枕木都是可愛的，我們沿鐵軌走，因爲鐵「路」較好走，乾乾淨淨，一路走一路數枕木，或者和姐姐比賽看看，誰在鐵軌上走久些，不會掉下來！早晨的火車，最多只碰到一班，老遠就會聽到「鐵軌千里傳音」，警告我們趕緊走到旁邊。

那時鐵軌很乾淨，甚至鐵軌下的石子也不髒，不像近幾年，「鐵路」與「烏七麻黑」連在一塊兒。連鐵路旁的房子，尤其中華商場後頭，也是「近墨者黑」。三十年前，連中華商場都沒有呢！只是一片綠草蔓蔓。

我還常跑到植物園，記憶中，從家到植物園，要走過田路，走過一條傍著田溪一邊是竹林的路，植物園沒有鐵柵，好像連所謂的牆都沒有。我們在那兒撿蟬殼，打野戰、攀爬樹木、撿樹葉。有一種樹的花托，好長好長，我們可以慢慢搓揉，中間變空的，吹氣進去，也覺得十分有趣。小樹葉，可以捲起來，吹出嗶嗶聲音，這更常玩了大半天。

還有地上，摘不盡的莎草科野草花軸，挑粗的、老的，然後把花穗部打成結子，兩人各拿花軸對穿再拉，誰先斷誰輸！……可玩的、可撿的太多太多了，那時根本沒有「勿攀折花木、踐踏草地」的告示。

淡水河邊也常去，到河邊看載大肥的船。那時，河對岸的農家，常過來萬華這一邊，一家家去「淘金」，載大肥過去，運米糧菜蔬過來。中興大橋那時還沒影子呢！河邊的沙灘又乾淨又豐富，隨便一掬，就好多蜆（拉仔），螃蟹到處跑。我常去摸蜆抓螃蟹。

小孩子的腳由自己支配時，大概不知疲倦爲何物，有時，我們遠征到東門，有時到臺北橋頭。「東征西伐」全靠「十一路車」。那時的臺北市已有了公共汽車，只是車班有限，反正我很少看到，更沒搭過。小學畢業之前，我只搭過一次公路局，是參加學校旅行搭的。此外，連汽車車門都沒摸過，「土」到這種地步，只因爲那時車子少，而且不興坐汽車，遠路，只要沒火車，就用「兩步鏈仔」——步行。不過，也像小鳥，到時候自然知道天黑前回到家，好像肚子中裝著定時器。不回家也不成，肚子餓了，那種年代，除了三餐，什麼零嘴都沒得吃，糖果少見，餅也是「稀罕物」。

童年的我，所以被親友長輩稱爲「遊擊隊長」，一方面固然是我愛跑，另一方面，天廣地遼闊，任我遨遊，「英雄有用武之地」。怪不得，我離開萬華之後，印象中，「萬華的家很大」，當然大，「庭院」無邊無垠嘛！

三十年風水輪流轉，一轉眼，萬華變成眼細眉低鼻子碰嘴巴的地方。房子黑黑舊舊破破落落，街道也是尖額削頰，前幾年，有幾位行政長官拿出鐵腕，開拓莒光路、萬大路，拓寬柳州街、桂林路。和平西路不但拓寬，甚至和莒光路加上高架車路，可是，就像一個原是小鼻子小眼睛五官皆小的人，突然去手術，放大了眼睛、墊高了鼻子，偏那嘴巴依舊小，臉蛋依舊只有巴掌大。「一府二鹿三艋舺」，萬華——艋舺，原是個古老古老的地方！

時間，最愛淘汰事物，不說別的就臺北爲例，清朝北部「首善之區」是萬華龍山區，但日據時代，移到城中區和延平區，初光復，這三個地區都很「鬧熱」，我也在城中、萬華兩地區共住了七八年。但是，四十一年離開臺北，四十九年再來北部，卻發現西門町隨著中興橋的通車而迅速「滾燙」起來，「去西門町」變成週末許多人的消遣，漸漸的，有人建議，不能稱「西門町」，應稱「西門鬧區」，結果，「西門鬧區」這名詞還未能完全取代「西門町」之前，西門鬧區開始冷了，電影街的熱潮開始減了，這兩年，換忠孝東路、民生社區那邊新興。看吧，再三五年，西門鬧區怕也將像城中區一樣，入夜八九點以後，就「門前冷落車馬稀」矣！那時，「鑽石地段」不知又要移到哪兒去了？敦化路？民生社區？忠孝東路？誰曉得？說不定要跑到桃園那邊，中正機場在那兒啊！

白雲蒼狗、世事滄桑。日昨，有朋友自香港來，外子因做「著作權人協會訪歐文化團」的「總打雜」去了，昨晚，我不得不代替外子，爲那些「港仔」朋友接風，地點由朋友挑，他們理所當然挑西門鬧區的粵菜酒店。當吃了飯（其實沒飯），我付帳時，領班小姐把帳單遞給我，三千五百大元。

我這土包子驚訝的問：「小姐，不到十樣菜，怎麼那麼貴？我在別的地方吃都沒那麼貴。今天的酒還是我朋友自己帶來的呢！」

領班小姐笑容可掬的說：「這位太太，您想想這地段，一個月就要多少租金哪！」服了！這地段！我三十年前天天上學放學必經之地，我當年可來來去去馳騁飛揚，如今已非我類「意氣風發」的地方了。我只有乖乖的拉開皮包拉鏈，拿出一疊鈔票來。不過，心中可說著：

「放心，再過幾年，這地段不由鑽石變成泥沙，少說也會變成廢鐵鏽銅。我這土包子，看多了！」

不是嗎？看看「艋舺」就是一例。

六九、六、十四・新副

土塊厝

又見荔枝上市了，看到這南國美實，便想起那土塊厝。厝前有株丈來高的荔枝樹，每年端陽前後，就已垂實纍纍朱紅欲滴的。

那土塊厝成英文字母L形，直排五間並連，橫排另加出去兩間，屋後另有豬舍和茅廁。拿現在的話來說，有四大房、兩大廳、一廚一廁、外加豬舍和百多坪院子，當然是「大」房子。但當我高中住進這土塊厝時，卻一千個不願意、一萬個不舒服。

這房子是泥磚砌成的。每塊泥磚足足有尺多寬，近兩尺長，厚度半尺，打平的砌牆，因此牆壁有一尺來厚。屋頂的樑椽有木頭也有竹子，上頭覆蓋的茅草已成黑褐色。牆壁也被雨水沖刷得這裏凹進一塊，那裏打了一個洞。尤其牆腳，到處是老鼠的「傑作」。屋頂的茅草雖然七八寸厚，可是年久失修，又沒有天花板，下起雨來，常是屋外下大雨，屋內這兒那兒滴水。

竹篾編的大門，從來不上鎖，小偷絕不會跑來這兒；就是會來，那竹門一踢就破，鎖了也是白鎖。窗子是竹窗，框框用大竹子，「窗門」是推出去的那種，也是竹篾編的。客廳只有兩個小窗，光是竹框，沒有竹篾板，下大雨、刮大風或天冷時，就用麻袋頂住窗口。

廚房的屋頂不是茅草的，而是大竹子對剖，然後並排對扣而成。竹屋頂簷下打橫有一剖開向上的竹子接流到簷下的水。下雨天，流出來的水出口處放一水缸，這「天來水」是我們日常食用水的來源之一。因爲，這房子是在荒原中孤零零獨立著，屋後田溝兩星期才輪溉一次，水又濁黃得很，不如「天來水」清澈。地勢高亢，又沒法子打井。

沒自來水，也沒有電燈。我們用油燈。讀書、吃飯時用大油燈，平時則用小燈盞。常常看到「飛蛾撲火」的畫面。除了飛蛾，更多小螟蟲。好玩嗎？一點也不！吃飯時有小蟲來湊熱鬧，夜讀時也有成群結隊的小東西來搔擾，只有苦惱和悲哀。

如果說：從小就出生在這種環境倒也習以爲常；如果說：同班同學都住這種房子，自己也就沒什麼「了不起」，卻都不是。我們家是從最熱鬧的地區一直往鄉間偏遠地區搬，最後搬到這「荒原」中，過著半原始的生活。同學們知道我居然搬到一個沒自來水、沒電燈的「遺世獨立」的茅屋，都十分羨慕的說：「那是陶淵明的境界！」眞是飽人不知餓人飢。

初到這「陶淵明世界」，連洗澡間都沒有。不能在屋內，因爲地都是泥巴地，頭一個洗後，等第二個洗就不知如何下腳了；只有在屋外用草袋圍成一個露天的圈圈，地上也鋪草袋，頭一晚洗澡，天上月色正明亮，「中天月色好誰看」！眞不知是何滋味。後來大哥才在廚房牆角，抹一塊半個榻榻米大的水泥地，水流向外頭水溝，這，是我們家唯一抹上水泥的地方。

冬天，風從牆洞、窗戶、門縫、簷下四面八方吹來，於是草袋、破麻袋大出籠，這裏頂一塊，那裏掛一塊。雖然是暖和了，可是整個屋子更顯得破爛。

夏天是夠涼快，但也很「痛」快，因爲四周蚊蚋全進了屋內。念書時，一手揮著椰子扇趕蟲兒，一手寫功課，字能寫得工整才奇怪。

我曾跟學校裏同學訴說我家蚊子之兇之可惡，同學有的叫我買蚊香，有的獻「妙計」說：吹電扇可以趕蚊子。我怎麼說？我能告訴她們：我家連油燈的油都常向小店賒欠，哪能買蚊香？更何況吹「電」扇？

有的勸我：「你不會叫你父親裝上紗門紗窗嗎？」

紗門？連木頭門都做不起呢！就是裝上了，牆壁窟窿到處都是，蚊子照樣來去自如，除非整個房子大翻修。可是，我們所僅有的一點錢都花在培育果樹上。看那些果樹日漸茁長，對眼前的苦，倒也甘之若飴。但是，就住在土塊厝兩年後，卻遇到八七水災。

那天，颱風並不算最強烈，但是吃過早飯後，幾乎就在那麼一剎那之間，全屋子就在「水域中」，而且一下子深及膝蓋。我在想：連我們這無法打井的高亢地區都進了水，那地勢平坦的地區豈不更糟？不過，也沒有時間容我去想別人，因爲水不是「靜」的，而是似急流從屋後流進屋裏，再從屋前奔向前去。我們那原已被老鼠啃得很可以的牆壁，隨時有被急流沖坍的可能。父親和弟弟穿起簑衣冒大風大雨出去，想攔上面的水，可是沒一會兒垂頭喪氣的回到屋內，因爲淹水已是全面的，無從攔起。我們只好全家集中在直排五間房中間的大客廳，想著：房子要坍該會從兩邊坍吧！

挨著、挨著，數小時過後，風停了，雨小了。再隔一小時，水不再進屋子，退了；屋前的花草又露出水面，已加上一層泥漿；遠處旱溪那邊水聲卻嘩啦嘩啦，如萬馬奔騰。父親憂愁的說：「旱溪！旱溪！以前就是水非常少，所以叫旱溪；如今旱溪的水聲都這麼可怕，不知要造成多大災害？」

我們也沒時間去留心別人，自家果園的果樹，被拔掉十之七八，也不知是風拔的，還是水拔的，大家欲哭無淚。但是仍然打起精神，把家中草草整理個大概，就去園中，看樹根還大致完整的，就種回土裏去。屋前原種兩株荔枝，一株已被水沖走了。剩下那一株幾乎是「躺」著，我們再把它扶好種好。

園裏弄得差不多（幸好是暑假中），我們才留心到周遭所有的人，這才知道「八七」在中部造成空前未有的水災。河床改道，許多良田流失變成沙礫地，多少房屋倒塌，火車也中斷好些時日，人也死傷許多。我們的土塊厝居然沒有倒，眞是奇蹟。拜地勢較高之賜吧！

從此以後，我不再嫌這土塊厝了！它能在大水大風中屹立，可見得還十分牢固。屋前倒下又種回去的荔枝，不久之後又欣欣向榮。母親常在那棵樹下工作。結草結子（柴火）、剁蝸牛、剁豬菜，再也不會被夏日炎陽曬得半焦。

我高中畢業後，北上做事、求學；住在外頭，更魂牽夢縈那寬敞寧靜的「土塊厝」。每年過年，我一定回去，而各已成家立業的兄姐們也都攜兒帶女回來，把幾個房間大床鋪擠得滿滿的，吃飯時開兩大桌，其樂融融。

這屋子的屋頂加蓋瓦片了，牆壁也補平了，而且由於鄰近地區發展迅速，我們的土塊厝有了自來水，也有了電燈，住起來更舒適。我婚後，也常回去看。一直想：等我的孩子出生後，每年寒暑假帶他們來這兒，過過美好的鄉居生活。尤其夏日，在荔枝樹下，直接摘果入口，豈不愜意？

卻忘了一個事實：那塊地並不是我們家的。當初，那塊地的主人因爲地處荒野中，沒什麼價值，讓我們去住、去開墾。但是，十多年過去，附近成爲新興社區，地價飛漲之後，地的原主向我們要回去要蓋住宅、蓋公寓！

在那兒出生成長的姪兒告訴我：當他看到推土機把土塊厝敉爲平地時，眼淚忍不住掉下來。我聽到後也直想哭！這土塊厝，經過那麼多年大風大雨的侵襲，我們先以爲它岌岌不可保，但是它始終安然無恙！誰知它最後竟然是倒在機械「怪獸」的腳下！雖然，它已不復存在，可是，我這一輩子永遠懷念：那曾庇護我們度過無數風雨的土塊厝。

六八年八月號　新文藝月刊

芝草無根

我教書的時間不長，但總合起來也有六、七年之久，教過的學生約有兩千人以上。其中比較特別的學生有幾個，有一個男學生的情況很值得一記。

他是國中第一屆學生。五十八年夏天升國二時，我教他們班國文。第一次批改作文就覺得這孩子對文章的構思很有創意，毛筆書法尤佳，我上作文課，常不只要學生「作文」，而且要「作題目」。有一次，規定他們以中秋節爲範圍，由自己命題作文。他寫的是「中秋劫」，敘述中秋正好碰上克勞芙颱風，描繪家園的滿目瘡痍，顯然是一篇獨特的傑作。以後我都特別注意他的作文簿；他不只寫記敘文，也寫抒情文，甚至理論性的文字，顯得更爲見地不凡，不像一個十四五歲的小孩所能想出來的。

我把這「得意門生」的作文簿拿給校中的同事看，結果，許多教他課的老師都說：「他畫畫很好」，「他數學很不錯」，「他英文總考全年級前幾名以內」。此外，我還發現他是學校樂隊的隊員，而我服務的那學校的樂隊，在全省縣市際比賽是常常名列前茅的。

可是，這孩子的相貌，一點也不像一般的「優秀學生」。通常，成績好才能高的孩子，都會不自覺（有的則是故意）顯現出一股優越感；只有他，始終是平平實實的。教他兩年國文，從他作文中知道他家是種田的；是大地孕育出他那平淡自然的氣質吧！

他考高中，如我們做老師所預料的，他以六百多分的高分考取第一志願。其中國文一七八分（全年級最高），數學、英文、理化接近滿分。校裏的老師一說起他，總是神采飛揚，感到十分的得意。

後來我因搬家太遠，沒有再教書，但這學生偶也寫信給我。我知道他在高二讀完後，卻做了一件讓我感到匪夷所思的事；他不繼續念高三，卻以國中的學歷到臺北讀文化學院五專音樂科。當時私立五專，絕大多數成績不好考不取高中的學生才去讀的，尤其體育、音樂等專修科有的根本每樣學科三二十分而已。可是他的成績是這麼好的啊！

就是要攻音樂，也可以等高中畢業後考大學部的音樂系，對他而言，也不會是難事才對。可是他因爲在省一中樂隊碰到一位指導老師，那位老師告訴他，專攻音樂愈早愈好，於是，他著魔似的立時三更去讀音樂專修科了。

我一直覺得「惋惜」，也感到奇怪：他父母親都是種田的莊稼人，種田人家對子女的教育有兩種態度：一是孩子讀得來就儘量栽培，最好考醫學院，其次是工科，再來是理、法、商科，讀文科已很勉強，至於做「操弦的」或「跑跑跳跳」的音樂體育等科系，那是絕對不能通過的。另一類家長則是「讀啥米冊，會作習（工作）要緊。」

就我所知他父母親，不管孩子功課如何，幫忙做家裏事、田裏事列爲最重要。他從五六歲起，人還沒有灶高，就要燒大灶煮大口鍋飯，煮焦了或煮生了還得挨「竹筍炒肉絲」呢！他念小學時，家中開始有洋菇房，洋菇出產都在最冷的冬季（十二月、一月、二月間），他和弟弟天天三點就被父母親叫醒，到菇房剪菇，洋菇得天天剪，不像稻子一次收割，而且在最冷的凌晨剪，以趕在天未亮之前送交農會運銷各地市場當天賣出，隔天就沒人要的。他再稍長大一些，就要下田幫忙了，割稻、芟草、插秧、播冬季作物（菜蔬等），全都要投入。至於放學後上學前餵雞鴨，那更是從小就做的。

一般的父母，只求孩子把書讀好就阿彌陀佛了，但他的父母親不是，任孩子功課再好，家事、農事要幫忙。而現在他「做田的」父母居然允許他放棄兩年的中部第一明星高中學業，北上念五專音樂科。這，大概他父母不知「利害」所在吧！讀音樂、學音樂，在那時根本非常「貴族化」，而且，從幼年就要栽培的；尤其器樂更是。他的童年接觸的音樂，學校因惡補不重音樂，只有父母親收聽的歌仔戲、電視機上的流行歌曲，上國中、高中雖是樂隊一員，可是那繁重的功課和瑣雜的家務農事所「擠剩」的時間，能練什麼？

他上文化學院音樂專修科之後，有一長段時間沒和我聯絡。不過，我從別的學生那兒得知他生活中的一鱗半爪：由於家中供不起他的生活費，所以他常常找零工做。而且念兩年後，又以高中同等學歷考文化學院大學部音樂系，後來，又轉學到東吳大學的音樂系。

他「變來變去」，但「萬變不離其宗」，始終以音樂爲中心，我一直覺得納悶，他所以想變，就是對本來的科系不滿意，但是，怎麼仍然一直選擇音樂？好在他仍然年年得獎學金，功課一直優秀就是了。

去年夏天，我又和他聯絡上了。他剛好大學畢業，而且數年來還是幼獅管樂團的隊員，幼獅管樂團去夏赴美參加國際青年管樂團大賽前，先在國父紀念館演奏一場，我跑去聆賞。對器樂演奏，我外行，分不出好壞，但是他們出國沒多久，越洋傳來消息，幼獅管樂團得國際大賽冠軍，我想到「與有榮焉」，那其中有一個團員是我的「高足」呢！

他回國後，緊接著是服兵役。不服預官，故意去服「大兵役」，爲的是要進國防示範樂隊可繼續在音樂上進修。隊部離我家只有兩三個站牌，所以他較常來我家。

我離開音樂活動已久，所以現在常倒反過來，向他請教許多音樂方面的知識。而且不只在音樂，在農事上更是！我近年因爲有心歸回大自然，所以在竹東那兒買了一片山林，要整理山林，也樣樣問我這「高徒」。他告訴我：除草劑不是毒劑，而是一種快速生長劑，可使野草營養失調枯黃而死。他告訴我，山中住家四周種「七里香」，可以防蛇途徑，還有，山中多潮氣，要如何防濕……。

「反師爲徒」，使我感覺得：當年教書所超支的心血並沒有白費，十來年後，我漸次得到回報，更體會出「教學相長」的意義。

這孩子來，有時天很冷，穿的衣服仍然很單薄，我問他：要不要加衣服，他搖搖頭：

「我不怕冷，我幾乎天天洗冷水澡呢！」

他的飯量，幾乎是我們一家四口的總和，但是並不肥胖，一站起來，仍然是健健康康結結實實的莊稼人樣子。能吃、不怕冷，想來這是他從小被鍛鍊出來的。我忽然有個領悟，到冬天，我都不敢叫兒女擦桌椅，怕他們著涼，甚至只求他們讀好書就行，不叫他們做半點兒事——這是不對的，有磨練淬礪，以後才能有強健的體魄！這一層領悟，又在「教學相長」之外了。

今年元月三日，省交響樂團在國父紀念館演奏。指揮是郭美貞、小提琴有馬斯特士和辛明峰、鋼琴辛幸純，都是「赫赫名家」，但是我最注意的不是他們，而是全體團員中唯一留著平頭吹巴松管的一位。他，其實不是省交響樂團的團員，省交缺一位巴松管（低音管），特地向國防示範樂隊借調一位，那平頭的青年，就是我那位學生。

一個清苦出身的農家子弟，居然能有機會和名聞環宇的音樂家同曲合奏，可見得他的音樂素養，再也不是當年跟著父母聽歌仔戲流行歌曲的吳下阿蒙。

曲終時，他帶著樂器盒和我們一家子同路回家。我沒有在言辭上讚美，他的音樂程度已可以爲我師了，我讚美什麼？不過想到一個問題：他服完役以後做什麼？

他說：「我現在一得空就啃法文，服完役以後到法國專攻音樂理論。」

「你不走演奏路線？」我見到他又在「變」了。

「我們國內需要音樂理論的人才，我對這方面也有興趣。」

到歐洲留學？那可需要很多費用。不過，他過去念中學、五專、大學，幾乎每學期拿獎學金，上臺北後生活費也全是自己設法。想來他以後仍然有那足夠的堅韌性去走要追索的路。「將相本無種，男兒當自強」、「芝草無根澧無源」！他應是個明證吧！

（七十年三月號 中央月刊）

七分滿

童年時，有回客人來，父親叫我倒茶給客人喝。我心想著：平日為客人長輩裝飯，要盛滿了才算是有敬意，那麼倒茶也要倒滿了才算恭敬。誰知端茶給客人，茶水一路灑出來，父親當下就教我：

「茶水不能倒滿，茶杯的七分最合適，這也是禮貌！」

原來飯可以盛滿，湯、茶水不行。

每逢年節，家中做糕粿湯圓之類，父親都限制我們不能多吃，湯圓頂多只能吃一碗——而且也是七分滿。糕粿只能吃一塊，有時甚至只能吃半塊，尤其糯米做的點心。父親總說：糯米不容易消化，多吃不得。粽子也只能吃一個。唯一讓我們吃個飽的只有蘿蔔糕和菜包（糯米薄皮，全是蘿蔔絲餡，是客家人大年節常做的糕點）。

至於炒花生、炸點心，父親除了限制我們不能多吃，而且「限時間」。剛起鍋吃不得，怕把牙齒酥壞了，味覺弄壞了。炒米粉也不能「吃飽」。那乾燥的食物吃到飽，再喝湯就會脹壞了。其他食物也必須適可而止。

那年頭是短吃少穿的時代，好容易過年過節，看鄰家的玩伴是一個個粽子「搬」，紅龜粿、艾草糕也是「呑」到嚥不下爲止，沒有哪一個再吃飯的。只有我家不一樣，這樣限量，那樣限時（臨睡前也不許吃），三餐飯照樣上桌吃飯。

那時我總想：等我長大了，我會賺錢的時候，一定天天三餐都不吃飯，光吃那些好吃的糕點粽子和大魚大肉。

沒等我長大，就高中一年級那一年，有回一個低年級的通車伙伴不再來搭車了，同伴們說他死了，死因才離奇！原來他一口氣吃三大根烤玉米棒子再喝水，竟然活活撐死。我聽了十分驚嚇，也明白了父親爲什麼不許我們放懷大吃的原因。

此外我又發覺一件事，好多同學都有蛀牙，而我們姐弟個個未成年前，牙齒都很好（其實那種年頭，學校只教每天早晨要漱口刷牙洗臉，並沒說睡前刷牙），一天只刷一次牙，卻沒有齲齒，想來這也是沒胡亂吃生冷熱燙、甜食，精緻食物又受限制，平日盡是吃粗糙食物，所以牙齒倒很好。

成年後，更聽到一句名言：「飯吃七分飽，長命活到老。」從此，再合口味的食物，我也不會吃過量。

不過，像我這樣不會暴飲暴食的人，居然在出校門教書只教一年半，就弄得胃出血，在課堂上休克，而且後來也有了蛀牙。蛀牙是因騎機車摔斷牙齒數日不能刷牙引起的。

至於爲什麼會胃出血呢？我多年後檢討：不貪口腹之慾是不夠的，在性情上，我過分追求「十分」，教學生恨鐵不成鋼，教優等學生，天天盼著他們寫日記（書他們自己會讀，不用逼），我以這樣爲他們打下作文的基礎，但自己經常要翻閱那麼多日記，只有透支時間。

教劣等學生，我天天逼他們背書、背注釋，告訴他們，即使不升學，以後步入社會也要有起碼的程度。我用一個很「動人」的理由：

「將來你們總要寫情書吧！國文程度不好，連情書都不會寫，會讓對方看不上眼的！」

話題雖然輕鬆，但是逼得很緊。有學生不背書的，我不處罰，只是當天中午叫他們到辦公室背，我餓著肚子陪他們，他們背會了，放他們回教室吃飯盒，我也這才吃午飯。

當導師，班上每個學生每樣作業我都抽檢、抽問，哪個學生品行不好，我追蹤到家去和家長懇談。我忘了我是血肉之軀，忘了自己經常同時教百來個甚至兩百多個學生（有時教三班國文，有時教兩班國文，另教三班公民或地理），他們各個有不同的環境因素，我卻一心一意想把每個學生塑造成我理想的模子。

勉強而爲，後果呢？學生到底有沒有受益，我不能確知（說不定起反作用，害多於益），我只知道自己身體虧損無窮。先是胃出血休克，後來結婚生子後，加上孩子的拖累（做母親也想盡善盡美），我徹徹底底垮了下來，後來不得不辭掉教職，但是仍然好長一段時間恢復不過來，尤其「求全」的個性不改，結果失望愈大，有段時間甚至覺得：人生在世，只不過拖磨過日子罷了！

直到有一天，我重讀老殘遊記，看到其中一段描敘，大意是貪官固然可殺，但有些自認爲「清官」的酷史也很可怕，因爲自認清廉就很容易認定別人有罪，而且容易以殘酷的手法對待別人。

「清官變酷史」，看了這一段，使我有如當頭棒喝，以前也讀過「老殘遊記」，不過那時閱歷不夠，沒有這一層次的領悟。年歲較大，多看了一層。想想閩南語有一句話：「嚴官出多賊」。過於嚴苛，往往收不到預期效果不說，反而反彈回來，雙方吃力受害。

有了這一層了悟，從此，我的心境較放寬，百事不強求。心懷一鬆，健康也就日漸好轉，年來不再胃痛，體重漸漸回升到標準，幸好，我飯量還是保持「七分飽」，再山珍海味也不過量，不至於「心廣體胖」起來。

吃，不要吃「十分飽」，要求別人，也不可要求「十全十美」。但是在自己品格上，則須力求美好，無需強求「盡」美「盡」善，能見賢思齊就不錯了，古今能有幾位聖人？

前幾年，秦孝儀先生邀請鍾肇政、林文月、李喬等多位文藝作者撰寫先烈先賢傳記，開座談會時，說了一句話：

「不用避諱先烈先賢的一些小瑕疵。」

當時我的腦筋還很呆板，聽了覺得十分驚訝！心想：出這一套叢書的立意就是在於寫出「典型在夙昔」，以為現代青年的楷模，應該避一避先人的缺點，怎麼還要把他們的缺點也寫進去呢？

後來我慢慢懂了：那樣，才更接近人性！過分「完」美，反而使青年有距離感，無法師效。

有些事，可求全，尤其對自己人格的要求，可力求完美，有些事，則未必。求「十分」，要看人、事、地、時而定，有的，眞只能求七分或八分，有句閩南語俗諺：勸一般爲人父母不要讓孩子吃太飽：

「脹豬肥，脹狗瘦，脹囝仔黃酸桶。」

不只吃食物因物而異，其他任何事物，又何嘗不是如此？什麼事只求七分，什麼事要求十分，這要看每個人的了解領悟了。誰的想法對，誰的想法錯，那，只怕也沒法子「百分之百」的肯定吧！

六十九、十一、二十三・臺灣時報副刊

萬年皮鞋與貂皮大衣

由於上頭有四位姐姐，而我又是父母親的「屘女兒」，童年時家境不寬裕，因此，我穿的衣服總是破舊的「數朝元老」。新衣服不會是爲我而做的，都是姐姐們穿小了，一個傳一個，到我身上已十分「可觀」了。誰叫我是么女兒，底下沒有人接，也就不可能爲我做新衣服。

我出生在日據末期，那年頭大多數臺民都不得溫飽。番薯籤飯、百補衣司空見慣。光復初期，百業依舊凋敝，各樣物質都極爲缺乏，布料更是昂貴。有的只是：日本人回去他們本土，把身邊物便宜賣出，人人云之「剝狗皮」——日據時，臺民稱日本人爲四腳狗。除了「剝到狗皮」的有較像樣一點的衣物外，一般人仍然穿著很缺欠。

那時，甚至有偷衣服鞋子的小偷，偷了再轉手賣出。以前有所謂「估衣攤」，也就是專賣舊鞋舊衣的地方，臺北大多集中在萬華康定路桂林路一帶。

民國三十六年夏末，我進入國民小學，而且是臺北市城中區的小學。身上穿一件沒綴補過的好一點的衣服（也是四姐穿小了給我的），光著腳，由四姐帶我到學校去。她高我三班。班上同學多半跟我一樣，是赤腳大仙。只有少數穿新衣新布鞋。

學校沒有硬性規定穿制服，如果規定的話，說不定有些家長會因做不起新衣、買不起新鞋而不讓子弟入學。我同班同學中沒有人穿皮鞋，全校只有兩三個學生穿皮鞋，其中一個和四姐同班。

有一天，四姐班上那穿皮鞋的同學，到操場玩時把皮鞋脫下來跳繩，沒想到鞋子就這麼丟了。四姐全班被老師一個個盤問，問不出所以然來。很晚四姐才回家，連續數日都在查問，弄得人人惶惑。

那年頭不僅有人偷皮鞋，連木拖板也有人偷。偷皮鞋的是「正賊仔」，偷木屐的則是「垃圾賊」，換言之，不成樣的賊。

很少人冬天有毛線衣或外套穿。我班上只有一位男同學，穿件藏青嗶嘰外套，十分神氣。至於「大衣」，沒半個人有，連老師們都沒有。老師們最像樣的衣服也是嗶嘰外套。大多數捨不得穿，平時穿的是美軍軍服，毛呢料的，染成深色或黑色。「染外套」在那時很時興，改衣服也是。

小孩子們哪有「毛呢外套」，幾件布衣服就過一個冬天。有錢的人家，或有一兩件「衛生衣」，一般人家也不太買得起。棉毛裳爲什麼叫衛生衣？我到今天還不明白。

女孩子很少穿長褲的，男孩子也不多。再冷的天氣，小孩子仍然穿裙子、短褲。因爲長褲做不起，小孩子年年長，春天做了，秋天就顯短了，轉年春天就不能穿，誰也浪費不起。只有成年男人，而且是「斯文人」才穿西褲，草地人穿半長短的「臺灣褲」，褲頭用條布帶子綁繫的。

大人們，做「斯文」工作的，穿皮鞋或布鞋。市井商人穿木屐，做工的種田的穿草鞋或沒穿鞋。公職人員則穿「中山服」。父親那時在省政府上班，穿的就是中山裝，胸前還要戴一個徽章，腳上有時穿皮鞋，有時穿布鞋。

沒外套長褲、又光著腳，可是，我卻沒感冒過，天天東跑西跑也不覺得冷。一直到升小學二年級，我才有一雙短筒膠鞋，母親說：晴雨兩用，多好！卻不知這種鞋，下雨天，鞋子裏照樣進水（哪兒有水窪子我踩哪裏），天晴，兩隻腳板摀在不透氣的膠鞋裏，發汗又發黏，要說難過有多難過，因此，我情願仍然光著腳上學。

升小學三年級，我終於得到有生以來第一件新衣裳。並不是家境好轉了，而是三姐去學裁縫，她們有項「習作」就是要做女童裝，大我三班的四姐個兒高䠷，已是少女不再是「女童」，於是我才有機會做到新衣裳。

這衣服是一件頭洋裝，淺綠、淺黃、淺紅格子相間，中間有一條同布色腰帶。我捨不得穿，放在五斗屜中，母親也說：「等出門做客或遠足才穿。」

我就盼著遠足的日子來到。誰知遠足的日子還沒到，有天家中慘遭祝融降臨，家中大部分東西都來不及搶救，我那最寶貴的新衣裳也被焚燬得無影無踪了。

第二天我到學校，告訴老師家被燒燬的事，老師同情的問我：「東西有沒有來得及搬出來？」

我搖搖頭，說：「我的一件新衣服被燒掉了。」說著就痛哭起來，傷心無限。唉！童稚時代眞是，家被燒去那一刹那，最痛惜的竟是一件新衣服，是我有生以來第一件新衣服。

後來學校決定了制服的式樣，仍然不是硬性的，不過，母親看「大勢所趨」，大概要全面規定穿制服了，因此再爲姐姐做新衣服就做制服。冬天黑色、夏天白色，都是一件頭的。布料是斜紋布，很容易縮水的。

小學時撿四姐穿小了的制服。上初中依然如故。夏季白衣黑裙，冬天童軍服上衣、黑裙、黑外套。白衣和童軍上衣只要換繡學號外，也沒什麼，黑裙子和黑外套就討厭了！因爲家境不好，買不起好的嗶嘰布料，那斜紋黑布，洗了會縮水不打緊，愈洗愈褪色，到後來，黑布泛白或泛紅，顏色髒髒的。又不能常染，經過染煮的布容易破。初一初二還規定穿白布鞋、白襪、白上衣。到了初三，那時爲了「防空演習」方便，因此學校（臺中女中）把夏季制服白上衣改成綠上衣，連鞋子也改了，一律改成黑皮鞋，有一綁帶子型的學生鞋。

制服還好辦，剪塊綠色布料，三姐會做衣服自家做了！只要花那五尺多的布錢約十塊錢上下。皮鞋就煩惱了，那時一雙皮鞋就要三幾十元（那時一斗米只有十幾元已算很好價了）。父親早因血壓太高從公職退休，我們家改種田，對農事又外行，收成不好，愈發困窘，繳納學費已很勉強。但已讀到初中三，總不能爲一雙皮鞋輟學吧！於是父母親四處設法，我，也有了有生以來第一雙皮鞋。

有了這麼一雙「貴重」的皮鞋之後，我走路等於被綁了腳，步步小心，深怕弄壞了鞋子。下雨天，上學放學途中，乾脆脫下來，用報紙包好放在書包中，光著腳走路。很多同學跟我一樣，雨天就靠「萬年皮鞋」——打赤腳，不怕雨水弄濕打壞，反正平時光腳慣了，走在路上也不覺腳底痛。雨鞋嗎？根本買不起。雨鞋也很貴。

不過，有一回，我有個住在祖居的堂姪女，光腳叫鐵釘刺到了。我過年回祖居看她一拐一拐的走，我還笑她變成「蹩腳仙」，沒想到再過兩天，卻聽到她因破傷風病發而遽然夭折。這件事使我驚悸痛苦好久，她與我年齡相仿，才玩在一道兒，頓時天人兩隔，而且不爲別的，只爲了光著腳被鐵釘刺了一個小洞，就得破傷風病亡，眞可怕。從此，我不再光著腳了。除非下田裏頭做事或下溪裏捉魚摸蜆（放假日，我和姐弟都要幫忙做田裏的事）。

由於童年、少年都沒穿過花衣服，因此成年後，有好長一段時間不敢穿花衣服，更別說穿大紅大綠的了。選衣著總是素淡的顏色，唸大專時都如此。

一直到走出校門，到中部一所中學教書，我仍然不敢穿色彩太鮮麗的衣裳，鞋子也總是選式樣最保守的低跟鞋。這時，我國的經濟開始起飛，一般人家生活都漸漸寬裕起來，我的學生們在校外穿的，都比我五花八色多了。

學生中有特別愛賣俏的，還在制服上變花樣。有幾個學生天天做一件麻煩事。上學時學生鞋放在書包中，腳下穿「社會鞋」——也是黑色的就是了。到快到學校才換學生鞋。在學校裏頭，升旗降旗和上我的課時，就循規蹈矩，其餘時間又換上「社會鞋」。當我發覺這幾個「活潑過頭」學生的妙事，不由得又好氣又好笑。這麼費心機幹嘛啊！鞋子太多了，才變得了怪。想我初中時，在路上也曾把學生鞋放在書包中，所不同的是：她們是為了厭憎學生鞋，而我是為了怕穿壞了鞋子。「同曲異工」。

我的寶貝學生還有件妙事。在民國五十六、七年，「迷你裙」風席捲全球時，學校規定女學生裙子下擺，最高只能膝上一寸。那些愛搞怪的「高足」，在升降旗典禮中都勉強夠合格，但等到一進教室，或一解散，怪了，裙子「自動」縮了，大腿露出一大截。原來她們把裙頭捲上幾捲，情願加粗腰圍也要展示玉腿。不只我班上，別班學生也有好多如此的，後來更有戴假髮、裝假睫毛的。唉！時髦，時髦，吃飽了穿著就有餘力趕時髦。

至於男學生，有陣子社會中流行「AB褲」，於是不守本份的男學生把褲管修得緊緊的，蹲都無法蹲，尤其冬天穿長卡其褲，太緊了，一蹲就裂開。後來社會流行喇叭褲，於是學生們很多穿起「掃地褲」來，這時，不僅AB褲在他們眼中其土無比，直筒式的西裝褲也被他們看不順眼。

我常想：都是物質太充裕了，若他們像我一樣，早生十幾年，穿用都不夠，哪來心思在制服上變出花樣的？

我的第一件大衣是在二十七歲那一年做的，那時已訂婚。想著：該有一件大衣了吧。於是到臺中街頭轉了轉，看中一塊鵝黃色毛絨絨的布料。連工帶料才七百元，以當時一般物價來說不算少（是時，我教書月薪才一千來塊錢），但和一般服裝價格比較，實在不貴。

當時國內還很少大批成衣商，衣服多半在大店中訂做，或剪布另找裁縫做。我選的樣式很簡單，圓領、隱藏式的口袋，是最基本式樣。

沒想到這麼「單純」的一件大衣穿上身，一路上引人頻頻注目，到學校，同事爲之驚訝、學生爲之譁動。原來布料本身的鵝黃的色澤太搶眼了，而且又顯出自然光澤。整件衣服看來就顯得華麗得很。我過去又一向最不愛穿紅戴綠的，頓時穿這麼顯眼的衣服，怪不得大家都覺得「不順眼」。

外子嘲笑我：「簡直像隻黃色的北極熊。」他不喜我穿這麼惹人注目的衣服。於是在結婚前，又陪我去做另一件大衣，他選的是暗花大格子正式毛料，做起來竟達一千五百元。可是穿到身上很重，很不舒服，因此婚後不久，我又另買一件全黑的大衣，也是七百元。

先是穿黑大衣，可是那件布料十分粗，穿起來也不舒坦。暗格子大衣又笨重無比，因此，我較常穿那件鵝黃色以棉和人造纖維混紡的「熊」大衣。穿起來又輕鬆又暖和。

淺黃色大衣雖然容易髒，不過用洗衣機洗一洗，一脫水，易洗易乾，洗淨後像新的一樣，不變形、不褪色。而且那麼多年穿下來，年年洗，依舊十分鮮麗。好多人看了都問：「你這件大衣很貴吧？」

孩子出生，會跑會跳後，我一直想在市場上找這種布料爲孩子做大衣，可是奇怪得很，竟再也找不到。布商向我推薦的都是「純毛料」！孩子長得很快，而且容易弄髒衣服，我要貴的純毛料幹嘛？我只要容易洗、輕軟又舒服的布料。

市場地攤上也有很多人造纖維粗棉紗混紡的，較便宜，一兩百就可以買到，不過，一看就知道是便宜貨。我心想孩子年年長高，買這種也就罷了。反正頂多穿一年多，就再也「裝」不下，有時甚至於買太合身了，一兩個月就穿不上。

我只有一男孩一女孩，女孩子小時，還可接她哥哥的，可是才三四歲，她就會計較：「我都撿哥穿過的。」而且年幼，可以買「中性」的衣服，大一點根本就男女有別，妹妹不肯撿哥哥的衣服。她連襯衣外套都懂得分辨：「朝右扣，男生的。」

孩子穿小了的衣服，送給別人也沒人要，因此，我愈發捨不得買貴的衣服給他們。不過仍然年年爲他們買新衣、新鞋襪。這兩年，他們開始想挑昂貴的，不過每次都被我「否決」。

我自己呢，自從孩子出生以後，家計不再寬鬆，而且我自己也沒發胖，外衣又老穿不破，因此，十數年如一日。甚至二十年前唸書時，嫂子給我的幾件好外套，我到今天還保存得很好，年年穿。鞋子也買得不多。結婚時訂做了一雙麂皮的黑皮鞋，到現在只是舊了，但還能穿。

還自以爲：像我這種人，算得上「好媽媽」吧！沒想到前陣子，有一天，女兒有點發燒，還執意要上學，我送她到教室，並商請老師特別照顧。這以前我很少去她班上，去，也穿著很隨便。那天因天氣冷，我就穿鵝黃大衣和麂皮鞋子，都是「歷史悠久」的。但是中午又去學校接孩子上醫院時，寶貝女兒卻對我說：

「媽！我同學都說你好自私啊！你自己穿那麼高貴，貂皮大衣和麂皮皮鞋，每次卻只給我買一些地攤上的便宜貨。」老天！我穿的是貂皮大衣？天底下哪有鵝黃色的貂？

這天晚上，我跟外子說這個笑話，並且說：

「那件黃大衣，你說我穿起來像狗熊，你女兒的同學可認爲是貂皮大衣呢！值錢吧！」

以爲外子聽了會哈哈大笑，沒料到他臉色反而黯淡下來。說：「你該添一添新衣新鞋了，十多年沒買大衣，和像樣的皮鞋，也太委屈你。」

他想到哪裏去了！我又不是想買新衣好鞋。說眞的，比起童年穿「萬年皮鞋」，又沒見過大衣、沒摸過外套，這十年來，隨著全面的經濟飛躍，像我們這普通的家庭也能過富足的生活，我還有什麼不滿意的？何必一定像暴發戶，今年流行米色、明年流行咖啡色，追逐時尚，只有永遠貧窮，那，空虛的只是自己、不滿足的只是自己。以前母親常跟我說：「有時該當思無時。」

是該如此。何況我那十三、四年前的衣服鞋子，竟然還被誤認爲「價值非凡」。不過，那本來也是價值不同凡響，大衣說不定如今是「獨一無二」的，至於麂皮鞋，本來就是好皮鞋，流行潮來潮去，十多年過去，又符合現今最流行的式樣了，不過我從不管流行不流行，只求能冬天暖和、舒適，夏天舒暢就成了。

噢，那滋味！

番薯？好甜啊！

吃番薯好！從小，母親就跟我們「重播」無數次一則關於番薯的故事：有個做後媽的偏心，三餐飯，給前妻孩子吃低賤便宜的番薯，自己生的孩子就吃較昂貴的芋頭。結果呢，前妻孩子愈來愈壯，像條牛犢；自己的孩子倒養得愈來愈「著猴」，人不成人樣。

母親強調說：所以，吃番薯好，有營養，又容易消化。芋頭呢，雖然好吃又貴，但是容易脹氣積食。

母親一再講這故事，立意無非要我們「喜歡」吃番薯。可是啊，我們「吃飯」時，對褐褐灰灰的番薯籤飯，仍然深惡痛絕。尤其番薯本來就難吃，弄成番薯籤後，更加難吃萬倍。

地瓜不耐久存，而且舊時沒有什麼「捷運」、「高速公路」，絕大多數農產品，有牛車裝載已不錯了，人工挑擔的時候多。所以番薯要久存，要方便運送他處，多先用搓板搓成籤，曬乾！再一麻袋一麻袋裝起來，或放在倉庫中，或裝運各處賣出。

就是吃「番薯飯」，那番薯也不好吃，以前的地瓜，大多數是灰白色的，不鬆，不香，不甜，有時甚至跟吃葫蘆瓜一樣，水水的，臺語是『粿粿的』，反正難吃就是了，就跟現在吃到不甜、「不沙」的西瓜的滋味一樣。過去也有種叫「芋仔番薯」，煮好後，呈漂亮的紫色；還有一種是「紅心番薯」，是漂亮金黃，前者香、後者甜，但是這兩種品種生產量很少，又小，種這類划不來，所以一般農家還是種白番薯多，搓成籤、曬乾再煮，那就變褐褐黑黑的了，愈發難看難吃。

我幼小時，在異族統治下，白米難求，幾乎難得一頓白米飯，有時連番薯籤飯也「歛減」，加上番薯葉、石菜等來填滿肚子。光復後，時局不穩，經濟蕭條，大陸淪陷後更如此，那時，也吃好長一段時間的「雜飯」。有時是大麥片，有時是黃豆加上番薯籤。

初中時，自家種稻田，總算餐餐大白米飯，可是到高中，改作園（而且是別人的果園），又是三餐不得飽。有陣子，在果園中空地種高粱（那時臺灣還很少很少人種高粱），收成後，自家取穗、去殼，磨漿做粿，高粱粿，唉！又粗糙又難以下嚥，尤其那顏色，暗褐紅的，看就倒足胃口。更糟的是：這種東西，愈吃愈容易餓、飯量愈大，所以，後來還是拿高粱跟人家換番薯，煮番薯飯吃。

從會吃飯到成年之前，經常短吃少穿的，但，也許就是吃「雜糧」，而且，正如母親說的：番薯是好的糧食，所以我仍然壯壯的，小學就擁有「小豬」這個綽號，一直到高中畢業才擺脫了它。

以後，家境漸好轉，哦，這是整個臺灣全民的生活好轉，尹仲容先生當經濟部長後有「經濟起飛」這名詞，工商業帶動全民生活水準的提升，漸漸的，很少聽到有誰家「沒飯吃」，但是，「不吃飯」卻普遍起來。先是小孩，後來連嘗過飢餓滋味的大人也如此，吃飯變成「對胃盡義務」。

每家孩子不是養得過於癡肥就是面黃肌瘦。前者是做父母的「補償作用」，拚命讓孩子吃個夠，沒限制，後者是孩子嬌生慣養，偏食挑嘴。像我小時，沒什麼好挑的，只有「認分」，有地瓜吃地瓜、有豆子吃豆子、有什麼吃什麼，撐不肥、但不會神經質不吃三餐，所以會成「小豬」——注意，是「可愛」的小豬，而非癡肥的大肥豬！

現代孩子可不同，高興吃的東西無限量，吃個暢快，不高興吃的，做爸做媽的像求祖宗（比求祖宗還過分），百般哄騙遷就。像我這種「理智型」的母親，要孩子吃東西，不許過量，也不許不吃，好，罪名就來了，外子加的：「斯巴達」！

哼，我「斯巴達」？幾年下來，看吧！和我年齡相若的幾位朋友家的孩子不是胖得叫人擔心，就是「精瘦」得叫人操心。只有我的兩個孩子，不胖不瘦，個子中上，看！是不是「斯巴達」好？話說回來，我相信母親的話了：番薯是好食物！因此偶爾在煮飯時，加一兩個番薯（當然去皮分塊）進去。兩個孩子也愛吃，尤其老大，我要久一點沒煮番薯飯，他就會討：「媽，好久沒吃番薯飯了！」

我是怕他們像我小時，吃多吃怕了，所以，抱定「物以稀爲貴」的原則，情願他們自動要，不強迫，也不造成「吃膩了」的局面。至於我自己？是「一朝見蛇咬」，因此即使煮番薯飯，我也只盛飯，不沾半口番薯。

不過，看孩子那麼愛吃，今年年初，有回，我好奇，嘗一點點，嘿，居然非常甜、非常香。以爲那一次買的地瓜好，但以後又試幾次，每一回都不錯，很少有不甜不香不鬆的地瓜。家附近，有一家番薯批發行，我買久了，和老板娘熟悉，聊天中我提到：

「爲什麼現在的番薯都很好吃，小時卻那麼怕吃？大概小時是吃怕了，所以覺得難吃！」

那從田裏長大的老板娘說：「不是啦！以前的番薯，好吃種都小、生產量少，現在改良了！所以番薯都好吃，而且每甲地生產量高好幾倍。」

原來如此，現代的孩子眞有口福，不但不曾餓著，連吃的東西，都是經許多農業專家研究改良。不說米飯番薯，還有許許多多瓜果菜蔬都如此。只是，現代的人嘴巴也養刁了就是了！

說「刁」，也好笑，偶爾在菜市場，看到人賣一包包紅高粱、黃小米、白薏苡、黑糯米等等，每半斤一小包，都不便宜，二十元到四五十元之間。賣這「雜糧」的小販，還像煞有介事的在攤子旁寫一個說明告牌，什麼「補身」啦、「明目」啦、「治百病」啦！上前買的人還不少。

雖然明知那些雜糧吃來「效果」絕沒那麼神奇，但是爲了讓孩子吃個新鮮，我每樣都買一包。回家熬粥，嘿！兩個孩子都愛吃。唉！想想我小時，竟怕吃「雜糧」！

喂，來一盤螺肉！

雖然已遠離了捉蝸牛的生活，但是，那帶殼的軟體動物，一年總有那麼一兩回，闖進我的噩夢中。那一對小小的觸角，似乎要向我扎過來。

中學時住田野間，田畦、園裏，菜蔬瓜棚中，不時有大蝸牛出現，有時，它甚至昂然的在牛車路中間。反正那階段，是大蝸牛橫行的時代，到處都看得到它。瓜蔓已長好高了，它老大一夜間跟你「剪斷」了，因此，我們每天天未亮就起床到園裏，捉大蝸牛，說「捉」，太吃力了！是「撿」，拿著手電筒。每晨撿一大水桶。拿回家，用雞罩罩起來。

大人們有空，就抽空剁蝸牛肉給雞鴨吃，沒空，我們傍晚放學回來，或星期天，就逃不掉這「苦差事」。剁蝸牛都先把殼敲破，去殼時千萬小心別扎破了手。然後去腸肚——這項工作最噁心，然後剁肉成小塊。雞鴨愈小，蝸牛肉要剁得愈小塊。那又黏又黑又腥的蝸牛肉，唉，眞是，每剁完蝸牛，看到飯就要吐，尤其番薯飯。

「幸好」，雞鴨晚間不能吃太多蝸牛肉，大人的說法是：「會太鹹！」因此，平時都是母親搶著一早，就把那最叫人難過的差事包了。也奇怪，母親是吃早齋的，平時不過上午十時，就不吃葷的食物，連蛋糕都不能吃。但是爲什麼一早可以剁蝸牛呢？我不懂。

星期天休假日，我就逃不掉「殺生」的工作。尤其有的蝸牛已有卵，黃黃的，一隻母蝸牛有幾十粒上百粒卵，儘管蝸牛是大害蟲——也許它不是蟲，是「有害軟體動物」，但是，一下子要親手殺死那麼多生命，再狠心的人也會心裏頭不舒服。尤其蝸牛，每被拍破了殼，就立即分泌出一大堆黏液，像蛋白，哦，不！像鼻涕，那才叫人難受。但是，我們要生存，如果我們不捉蝸牛，蝸牛便要吃掉我們辛苦種植的各種作物。捉蝸牛，剁給雞鴨吃，雞鴨就可長得又肥又大，一舉兩得，再「難忍受」的事也得受。自我安慰：「不用霹靂手段」——對蝸牛，「不見菩薩心腸」——對作物，對家禽，更對我們生活的保障。

後來，我離開田園、求學、教書，有回，在街頭路攤看人家賣「螺肉」。沒吃過的東西，我不會輕易嘗試入口。因此對路邊那「螺肉」的攤子，只是感到奇怪：哪來那麼多海螺肉可賣？從不走近去看。

直到有一天，一位朋友和我一道兒經過夜市場，拉我說：「吃點螺肉吧，很好吃呢！」

我才走近攤子，看一大片薄冰塊上那黑黑的「螺肉」，老天，這不是我惡夢難斷的蝸牛肉嗎？

朋友說：「是蝸牛肉啊，要不然，你以爲是什麼？」

我逃之夭夭，差點沒把已吃過的晚飯全吐出來。以後晚間出門，離小吃攤遠遠的，免得牽動自己往日那根惡劣的記憶神經線。

不過，仍然不時會從報章上、電視上看到關於「螺肉」的新聞。農家孩子撿蝸牛，一天可賺不少外快！蝸牛外銷，蝸牛肉製罐頭，大蝸牛由盛而衰漸漸銳減……。我只感嘆自己生不逢辰，如果慢些年出生，光在廣闊田園上，天天撿一大水桶（二、三十斤以上）蝸牛，趕上「螺肉潮」或「外銷潮」，那，收入就比一個公務員還多，還用全家辛辛苦苦剁蝸牛養雞鴨，然後賣雞鴨，賺那蠅頭小利嗎？

朋友們在感嘆：「螺肉好吃是好吃，可是，愈來愈貴啦！二十元一小盤，沒幾塊肉，唉！」

唉！還難爲老饕！蝸牛肉眞那麼好吃嗎？很想哪一天，也到「螺肉」攤前一坐，叫那忙碌的老闆：「喂，來一盤螺肉！」試試那滋味。只是，我至今還是不敢嘗試！

鹹鰱魚的滋味

大姐年已過花甲，兒孫成群，早就卸下重擔。這些年猛和姐夫出國觀光，一下去北美，一會兒去南美，要不去歐洲，要不去東南亞。出去，免不了買些當地特產回來！那一回去日本才寶，買一條鹹鰱魚回來，然後切一片片，全省各地眾親好友家，一人分兩片，說：

「回味回味一下鹹鰱魚的滋味吧！」

我暗地裏滿心歡喜，不過嘴上仍然取笑一句：

「大姐，你以前吃鹹魚還沒吃怕呀！」

大姐笑著回答：「奇怪，三十多年過去了，心中倒很想吃鹹鰱魚了，想著大家也愛吃嘛，所以一一跟你們送來解解饞！」

大姐大我很多，我出生時她已出嫁了，反正她好幾個孫兒比我的孩子大。她算是較好命，嫁給家開碾米廠大姐夫，日據時代較少挨餓。光復後，她家生意愈做愈大，從不愁吃用，只是忙碌得不得了。

日據時，鹹魚是窮人下飯的恩物，用筷子撥一點點，然後扒大口的飯。其他的菜，頂多只有菜蔬、蘿蔔乾、鹹菜乾，難得有大魚大肉的。

光復後，很長一段時間，仍然吃鹹魚下飯。不知何時，都不吃鹹魚了，要吃，吃鮮魚，要不，吃雞鴨魚肉。市場中仍然有賣鹹魚的，不過都是帶魚、小卷、四剖魚等等，小魚居多。鹹鰱魚不易看到。我也從來不會想去買，別的鹹魚也不想，小時吃厭了。

沒想到大姐那麼好笑，遠巴巴從日本帶回來一大條十多斤的大鹹魚，她還說：

「很貴呢！在臺灣，市場上有人偶爾會賣，一兩二十塊錢！我那回想吃得緊，買薄薄一片，兩三百塊錢哪！」

當晚，我就煎一片鹹魚，香氣四溢，吃飯時嘗一點，嗯，是不錯，的確好吃！跟童年時一看桌上有鹹魚就叫苦完全不一樣了！是現在的鹹魚做得好，較好吃吧！挾一塊給孩子吃，兩個居然一吃就吐出來，叫：

「又鹹又難吃！」

怪了，鹹魚很香啊，孩子們不吃，可能那「鹹」味難以下口吧，也不勉強他們，東西太鹹，吃了不好，對身體有害。我們小時候吃的東西鹹，主要是省菜。現在這年頭巴不得孩子們多吃一點菜呢，他們吃不慣鹹的東西，最好不過了。

那塊鹹魚，我自己吃的也有限，吃了兩三天，又不敢弄給貓吃，貓吃太鹹就猛喝水，然後就拉肚子，麻煩大。吃剩的倒到豬食桶去。冰箱中另有一片還沒煎，有朋友來，送給朋友了，過些天後，問朋友，滋味如何？

這位年輕的朋友說：「眞搞不懂，爲什麼那麼多四十以上的朋友那麼愛吃鹹魚！鹹魚不好吃嘛！」

他當然不會懂，除非，他小時候長時期吃過「一點點鹹魚，扒一大口飯」的香滋味。

七〇、六、廿三・新副

斷夢

在求學的階段，我常做夢，常幻想：有一天，我們家會突然又得到一筆土地，那麼父母就不用那麼辛苦，姐姐可以重回學校，我和弟弟也不用擔心隨時有被迫輟學的可能。

我做這個夢，並不是「憑空臆造」的，因爲祖父在前清時是大墾戶，名下山園田產非常廣闊，乙未年抗日失敗，內渡唐山後數月又潛回臺灣，被日人捉去關了好幾個月，沒收絕大部分土地，留下的三百多甲山園又分給墾戶，就是如此，自己也還有數十甲。但是祖父老年才得子，去世時，父親兄弟們均未成年，因此那些土地就散落得很快。而且失去得莫名其妙，有些是一大片一大片被偷賣掉的。

父親成年結婚後，還教書維持家計數年，不過後來，空著手帶母親大哥大姐們離開祖居到外地討生活。這一過就數十年，對於祖產，父親從不提及，也沒有追問。我只知道每年去掃祖父的墓，下車要走好久的山路，親友們都說：我們所走過的地方、所看得到的山，以前都是祖父帶長工開墾出來的。我只知道：祖居附近許多山園田地，以前也都是我們家的。

我問父親過：「爲什麼現在都變別人的呢？爲什麼不想法要回一部分？」

父親只是笑一笑，說：「祖業愈多，子孫愈不肖，要回來做什麼？」

以後我不敢再問，但心中始終疑惑：我們常挨餓、常欠米店雜貨店的錢，我們寄人籬下，沒有片土寸瓦，爲什麼放著大寶山不要回來？不用妄求被日本臺灣總督府沒收的一千二百甲地（三百多萬坪），只要有一兩甲祖父手頭留下的田就好了，我們就不會「貧無立錐」之地了。

其實，不只父親這邊，母親娘家那一邊也可「做做夢」。外公原是葫蘆墩（豐原）富戶，甚至於在母親出嫁時，外公給母親的嫁妝就有「半廳面」，轟動當地。什麼叫「半廳面」？

我不懂。不過，家中至今猶存母親的「老嫁妝」，有四張大金交椅、神案、八仙桌、茶几、小几、衣櫥、儲櫃、書櫥、書桌，乃至「面盆架」，無一不是上好木材做的，雕鏤之花樣非常細緻，母親說那是當年外公請人從唐山聘請師傅來做的。此外還有四只大木箱、四只大皮箱則是託人從唐山帶來的。甚至於還有一部手搖縫衣機，光復後改成腳踏的（至今還可用，算來有六十年歷史，這在當年，很少很少人家有）。母親出嫁時，那些大木箱、大皮箱全裝滿了綢緞衣服。

由這些「老古董」看來，過去，外公的財力相當雄厚。不過，等我出生後，外公家也很沒落了，舅舅們不善營生，年紀老邁的外公也腦筋不清楚，任由子媳孫兒去，弄得外公臨死前一兩年，見到母親和姨媽們回去就淚漣漣說：舅媽一天頂多只送兩次飯給他吃。

我常想起一句俗話：船破了總還有幾根釘，祖父是中風逝世的，外祖父年老時腦筋不靈光，說不定有些產業沒交代子孫兒女，「冷」在某個角落大家不知道。但是父親母親對這方面根本沒有興趣，我只有空想、空做夢。

後來我和弟弟好容易七設法八掙扎念完三專，都出來教書，生活安定下來，父母親也不用再愁短缺錢糧。那時，我再也不會成天做那「從天上掉下一塊地」的大夢，再也不會去想祖父或外公去世時，產業有沒有處分完盡的問題。

我剛結婚兩三年，母親來和我同住，幫我看家帶孩子，有一天，一位表哥找了來，告訴母親：

「二姑，阿公過世時，在嘉義還有三甲多的公田，現在要辦繼承權，要阿爸、阿叔和七位阿姑的印章和戶口謄本。」

我大為吃驚，地上真「冒出」幾甲田來了，而且遠在嘉義，怪不得外公去世二十年了才被表哥他們「發掘」出來。

母親考慮一下，她兄弟姐妹九人，每個人子孫曾孫一大堆，三甲田地一分，每個人等於沒得多少，只有增加分產的難題和困擾。因此和另六位阿姨合計一下，老姐妹都放棄繼承權，全給兩個老兄弟。她們一來是想：兩個老兄弟晚景淒涼困苦，再說老一輩人的觀念：女兒不該回娘家分家產的，當初她們出嫁時，外公已都給了很豐厚的嫁妝。

但是政府規定：兒子女兒都有繼承權，即使放棄繼承權，也要先蓋印鑑章並申請戶籍證明。這戶籍證明還必須從外公去世那一年以後，所有住過的戶籍所在地取得證明。

這下子，母親和姨媽們各個為申請新籍舊籍而忙得人仰馬翻。二十年來的戶籍，真夠要命，像我們家，已搬過六、七次家了。好容易她們才都辦好了手續，聲明放棄繼承權。

可是，二舅和大舅的兒孫們卻起了紛爭。大舅兒女孫兒曾孫多，他已老邁，根本沒法子管事，二舅將近七十歲，卻只有一個女兒、一個養子、一個孫子。大舅這房主張外公的田產「按人頭分產」，二舅主張「兩房均分」。

這一鬧，鬧到地方法院去，後來二舅輸了官司。但是大舅的兒子與女兒間又有了爭執，表哥們不願讓表姐們「分一杯羹」，說嫁出去的女兒潑出去的水，沒權回來分財產。老表姐們則主張「按法律規定」——兒子女兒繼承權一樣。於是，這些已是祖父級祖母級的表哥表姐們又在法庭相見。

父親母親知道後，搖頭大嘆：「如果當初阿丈（父母親都這麼稱外公）不留下那幾甲田，子孫們還和樂些，也不用惹氣結怨賠精神。」

幸好母親和阿姨們原先就放棄繼承權益，否則豈不更會攪和得不可開支？其實那時候，幾位姨媽的經濟情況也不算寬裕。母親呢，雖然我們做兒女的都有職業也成婚了，可是，無恆產的較多，要依一般人習性，分得幾分田也是好的，可是母親不要，我們也贊同母親的想法。

這一晃，又十年過去。我更不曾再想到祖父或外公的「大產業」，雖然，我一直到去年才成爲「有產階級」——其中有一半還是貸款的。至於哥哥、姐姐、弟弟們，也都一個個有了「窩」，大姐、二姐甚至於已是「千萬」家當。

沒想到前些天，弟弟來告訴我：

「告訴你一個笑話！天上掉下一塊地皮來給爸爸！」

原來父親五十多年前，空手離開祖居，不知道自己還有不少產權。那時是日據時期，所有山產就被莫名其妙過到別人名下。只有祖居動不了，祖居廣闊，父親能分得其中一部分，一百二十多坪地。比起祖業，這百來坪只能算「一粒沙」，可是，論現值，也有兩三百萬新臺幣。因爲那是在住宅區。

我感到這的的確確是個大笑話。父親離開祖居後，多半過著顚沛流離的生活，我記憶中，自己中學和小學入學前，經常沒飯吃，住別人不要的草屋或租房子住。苦了那麼多年，終於我們兄弟姐妹全成家立業，姪甥們也有十來個爲人父母了，父親早已不用愁吃愁住，明年就要做八十大壽了，才憑空冒出個價值幾百萬的地皮來。這，眞正是雪中不送炭、錦上竟添花。

要申請這塊地的所有權狀卻又有一堆嚕嗦手續，這回比外公留的那幾甲田更麻煩，要追溯到五十多年前父親離開祖居之前的戶籍謄本，以及以後所有住過的地方，搬家大王——父親可要跑好多地方的鄉、鎭、區公所去請舊籍證明才行。

父親不太有興趣，他老人家並不是怕跑，他這麼高齡了，還每月常獨自在南北縱貫鐵路上來來去去，有時還搭慢車呢！父親只是不太想要那塊地，他說：如果要，早就去爭取了，而且不只這百來坪，數萬數十萬坪都等著去爭呢！

想想百思不解，父親明知還擁有某些地產，可是二三十年前，我們過得那麼苦，而且從母親口中得知，在我沒出生前，也曾好些次到了「山窮水盡」的地步，父親就是不去考慮「挖掘」祖產。

不過，話又說回來，那些苦難的日子還不是熬過去了？沒有祖產，我們仍然活得好好的，並沒有餓死，反而磨練得更堅強。也許，自己一滴血、一滴汗創出來的家業，更有價值。雖然，我現在手頭有的也只不過一張四樓公寓的四分之一土地——十坪左右的土地所有權狀，但是，那是我自己和另一半共同立下來的基業。我們住在這上頭，不用擔心被人趕搬家。

不再做「祖業冒出來」的夢，我為自己的「斷夢」而感到喜悅和超脫。

六八、七、廿六・中副

劬勞一甲子

一直到去年年底，我還不曾覺得母親老到哪兒去。她的嗓子清亮而明朗，走起路來精神奕奕，一點也不像電視劇上的老人，才五十上下就聲音低黯緩慢，彎腰駝背的。

母親的耐力更是驚人，經常早晨四五點鐘就起床做早飯做菜，準備便當（弟弟和弟媳的），早飯後，洗好碗筷又拖著「牛陣」——三個小孫兒上菜市場，然後忙到晚飯弄好，弟媳回來，母親才能歇下來喘口氣。

我一直沒有確確實實想到那個數目字——「七十七歲」，總以爲母親是金剛不壞之身，總覺得媽的精神比我好。以前她不是沒有病過，不過，躺幾天就又很有精神了。

今年母親節前兩天，弟弟打長途電話給我：說母親病了，十分嚴重。我就在母親節當天一大早，搭光華號南下。到了臺中弟弟家，看到母親，非常驚心。這些年一向壯壯白白微胖的母親，此刻，臉卻縮成巴掌大小，黑黃下來，腳更細如雞腳。她已起不來，一瓶點滴掛在床頭，一滴滴注入母親手背中。媽連進食都覺得困難了，她說她從今年開春以來，胃口就變得十分壞，忌腥怕羶的。以前，她一直是「收尾」的啊，誰吃不下、不要吃的東西，她都捨不得丟，自己慢慢一人吃完。

弟弟說：醫生也弄不清母親到底得什麼病，只有提醒母親這種年紀了，要多注意。我更驚嚇，忽然想起母親的七十七歲的生日再一個星期就到了。記得報上登過一篇統計數字：據調查，很多老人都在快過生日前或大節日前「走」的。臺灣民間也有這種說法：老年病人能挨過端午、或中元、或過年或生日，就可以「出運」。

我一向不信這些，此刻卻莫名其妙緊張起來，暗中吩咐弟弟、弟媳、兄、嫂以及其他人，在母親前面千萬別提起再隔幾天她誕辰日的事。誰知母親自己倒記住了，她以微弱的聲音吩咐弟媳：「我生日那一天，你們不用麻煩了，買點水果和麵線拜祖先就行。」

幸好母親生日過後，情況好轉，雖是仍然臥病在床，不過略能進食，不用再天天挨「大針」。大嫂留在弟弟家照料一切，其他人照舊忙自己的。

到了暑假，我又趕緊南下，母親已經能自己下床略略走幾步，只是早晚心悸怕寒出冷汗，嘴內卻似火燒，經常要有一塊冰冷的食物含在口中。四姐特地從新竹請位名中醫師南下診治，開出的中藥份量又多又貴。母親每吃完藥就會出一身熱汗，精神爽快多了，可是三四小時後，又不舒適起來，又急盼著吃藥的時間快到。我懷疑這藥性是不是毒性十分重，一時雖能遏止病情，卻也類似「飲鴆止渴」的作用，一直主張送榮總徹底檢查。但是母親不肯，怕上醫院花大錢。在我們的印象是去著名醫院住上十天半個月，少說也要三五萬十幾二十萬。

我那次回去，聞到母親的頭髮都有股臭味了，於是第二天中午，燒了熱水，拿個躺椅叫母親躺著，然後小心翼翼的替母親洗髮。既怕動作慢了，母親會著涼，又怕動作快了，髒水弄到母親的臉。笨手笨腳弄了好一會兒，「洗好了」！卻聞到怪味還在，只好再洗一次。我自己固然緊張得很，母親更被我折弄得疲累不堪。幸好母親沒著涼，而且頭髮乾淨了，精神更顯得愉快。

我在母親身邊待了五天，因爲自己剛賣舊房子、買新房子，一大堆手續要辦，又要籌錢，於是又北上。母親聽到我要走，竟然哭起來，說：

「你以前回來不是一住就住半個月一個月嗎？」

我趕緊說明原因，並且保證著：「我辦好手續就再來臺中，頂多十天，我會再回來幫您洗頭。」

誰知一回北部，房子的事卻不是三兩天能辦妥的，賣、買兩頭要忙，又奔走錢的事。明知母親在病中望著我，明知我這么女兒在母親眼中份量特別重的，可是又被雜事拖著。好容易搬好家、弄停當，正想抽出時間南下看母親，弟弟卻打長途電話上來，說母親病情又轉嚴重，決心上榮總治療。

那天一大清早，五外甥開車載母親北上，弟弟陪著。而臺北這邊，大姪女一早去榮總掛號，我和兩位哥哥、大嫂則到門口等候。我們一直擔心，坐那麼久的車，母親不知支持得住否？

幸好有高速公路，平坦又快速，母親到榮總時居然沒出問題。接著又擔心榮總沒床位不能住院。因爲聽人說這個大醫院很難得有空床位，要「排隊」等。有的等上十天一兩個月都輪不到。除非「有特權」、有「……」。

哥哥弟弟因怕我身體不好，不肯讓我進去忙，我只好和五外甥在外頭等，哥哥他們幾個分頭陪母親看醫生、申請住院手續、繳費。我只有在外面乾焦急，等啊等啊，從十點等到十二點，我一早空肚子坐車趕著來，這時又急又餓又暈，十分難受。

好容易弟弟走過來，說：「好了！我們到中正樓去。」

原來母親已住進病房。我好高興，忘了飢餓，十分精神的跟弟弟到病房去。可見得傳說中的「特權」，根本胡扯。大哥是工人，二哥和弟弟是小學教師，什麼「特權」人物都不是。

母親住院，護士小姐和醫生一再叮嚀：

「病人年齡太大了，家屬要輪流看候才行。」

兄嫂姪兒們搶著陪，他們叫我不要輪，因爲我住得遠、怕暈車，孩子又小，不過，我決心在孩子上學時間中，一得空就到榮總。計程車來去兩百多元，常搭太費錢，就搭公車好了。

頭一天去就暈車，近十年來，我搭公車十分鐘就暈了，半個鐘頭後就開始吐了。但是我這次強制自己：「不許暈車，一定要支持到榮總。」

結果我搭了整整一小時四十多分鐘的公車，三轉車四繞路，居然只有一點頭暈，沒有嘔吐，這是婚後未曾有的。可見得毅力戰勝一切，一點都不錯。

連續去幾次，對母親同病房中的病人都熟悉了。一個肺氣腫，一個支氣管擴張，兩個癌症病人，一個肺部有毛病。

得支氣管擴張的少婦，住院半個月，治療好了出院，全部費用只有七千多元，我聽了很驚訝，尤其伙食費和住院費合起來一天才一百四十元，怪不得很多病患擠破頭也想進榮總。乾淨、醫術好、服務好、設備第一流，費用卻低廉。

有一位癌症病患也同時出院，只有一萬元出頭，因爲她住院三週，又經過好幾次鈷六十的治療。她出院時人好好的，我衷心希望：她的癌細胞已控制住，永遠不用再進病房治療。

另一個癌症病人已掛紅牌（嚴重），鼻孔始終接著氧氣管，肺部開個洞，接個橡皮管出來，一直在排水。看她那種樣子，一定比五花大綁還難過，屎尿、吃喝都只在那張床上，通常是她的一個十七歲的孫子在看顧照料。這小男孩的定性眞叫人感動！

母親的病情較奇怪，醫生檢查十來天了，透視好多張X光片，還不能確定是什麼病。而母親的狀況倒似乎好轉多了，能下來走走，能吃一碗稀飯，而且再也不會呼吸困難或畏寒怕冷。我們都輕鬆下來，有時就讓母親自己一個人去盥洗室，讓她自己洗澡。

誰知國慶日那天清晨，母親卻因昏眩摔在洗臉槽前，頭破血流昏厥過去，大姪兒在走廊上還不知道，別個病人急忙去請護士小姐。於是抬人的抬人、敷藥的敷藥，大姪兒看這種情形嚇傻了。

一會兒母親醒來，聽別人七嘴八舌在責罵大姪兒：

「你怎麼可以讓你祖母一個人自己走路！」

母親急忙說：「我沒什麼啦！我沒什麼啦！他是小孩子，別嚇壞他！」

當別個病人跟我說那時情形後，我不禁掉下淚來，唉！母親！大姪兒都已三十歲了，怎麼還是小孩子？

其實母親的膝蓋、手掌、肩頭都跌腫了，卻怕大姪兒擔心，直說：「沒有什麼，沒有什麼，只有額頭破一點皮，流一點血，出出運就好了。」

那晚輪到二姪兒看護，二姪兒較細心，爲母親檢查一遍，才發覺多處腫傷破皮，而母親居然忍住不叫痛。次日我去，二姪跟我說時，淚水盈眶，說：

「婆就是這樣，一直怕別人擔心，自己強忍住痛苦！」

別的病人曾以羨慕的口氣跟我說：「你媽媽命好，不是這個兒子、女兒、媳婦來陪，就是那個內外孫女、孫子、女婿來看。」

我只有苦笑！母親命好？她老人家操勞半個多世紀了，不只親自撫育了八個兒女，還爲下下一代一把屎一把尿的忙碌。連我生育老大，也是母親從頭忙到尾，等弟弟成家，又去忙弟弟的孩子，直到今年母親節前躺下來爲止。

我們數十個兒女媳孫，再怎麼孝順，也無以回報母親一甲子的辛勞啊！

我現在只祈願：母親早日病癒出院，來我家住。沒事，我好好陪她到北部各處名勝玩玩看看！這些天來，我因常搭車去榮總，訓練得不怕暈車了。我以後應多陪媽媽，媽媽這一輩子辛勤似牛似馬，現在應該是享清福的時候了。

六八、一、六・中副

父親的奶娘

父親很少跟我們聊他自己童年悲慘的一面，他很多事都是我稍大時，母親告訴我的。而媽媽又多半是聽族中老輩說的。我家家族龐大，因此有許多稀奇事。

像祖父，他本身就是傳奇人物。他性格急躁剛強，自小不愛跟性情溫和的曾祖念書，倒是「隔代遺傳」，跟高祖學得一身拳腳刀棍工夫。而且青出於藍，有許多絕技。像，有一次日倭要抓他，他就能一跳跳過高牆逃逸而去。這「高來高去」，非武俠小說中的神怪，而是眞本事。

祖父十幾歲就帶著長工去墾荒，四十歲不到，就闢出一千五百甲山園田產。最大的祖母就是跟著祖父到處墾荒，過於勞累而病死，沒有留下一子半女。祖父於是續絃，娶第二個妻子（以後我們叫她大阿婆）。

甲午之戰爆發，祖父叔祖們抗日失敗回去唐山。不久性格躁烈的祖父忍不住，又潛回來臺灣，化名躲藏一陣子，被日倭捉去關一陣子，山園田產大部分被沒收，從此，表面改了剛強之性，蟄伏家中，實際上一直想找機會有所作爲。

大阿婆連生兩個女兒，祖父急切求子，於是再娶一妻，娶的就是父親的親生母親，親祖母入門時才十四歲，據說長得高䠷美麗，她娘家是豐原殷實的人家，當時大概是極爲欣賞祖父的才志，所以情願做二房。可惜親祖母於十六歲生父親時，卻難產，父親生下後不到一個時辰，親祖母就棄世了。

祖父十分傷心，說父親命中帶劍，於是把父親送到遠遠的，給奶娘養。以免看了「劍兒」就想愛妻。不過，祖父是面冷心軟的人，雖然把父親送走了，仍然不時派人送豐厚的錢財去奶娘家。

父親奶娘的孩子有的很大了，她一家子都疼父親疼得不得了（好像是奶阿婆生一子不育，所以接養父親），家境也過得去，父親在那兒過得十分幸福。

可是不到一週歲，祖父又娶小祖母。大阿婆是不惱不火不聲不響的人，但小祖母則精打細算了，看祖父常把大把的銀子送到奶娘家就捨不得，於是說：

「有一歲了，會吃飯了，還要什麼奶姆！」

於是派人去接父親。父親的奶娘一家子都捨不得，奶婆的十歲女兒更把父親背到山崁下躲藏起來。小祖母派去的人等到日頭偏西看不到人，只好走了。但隔數日又去帶，強把父親帶回來，奶阿婆一家子掉淚的掉淚，哭嚎的哭嚎。

父親回到祖父家，突然到一個全都「陌生」的環境，日夜啼哭，也就惹人生厭。又在幫工的疏忽之下，父親兩手被開水燙傷，手神經略受損害。奶阿婆隔段時日從泰安翻山越嶺，到臺中的大坑看父親，一看自己的「奶兒子」兩手受傷，十分心疼，要求祖父祖母們讓她把「奶兒子」帶回去帶幾天，祖父怕父親這一去奶娘家和自家更生疏了，所以沒有答應。

奶婆捨不得，從此，每三兩個月就從泰安到大坑一趟，而且怕自己的奶兒子沒親娘受委屈，她這做奶娘的每次來就挑大擔小擔的山產來，上上下下各送一些，無非替她的「奶兒子」做人情。如此一直持續著，天底下大概只有她這個做奶娘的，長期倒送東西給奶兒子。

父親四歲時，就和六歲、五歲的大伯二伯入私塾（親祖母入門後，大阿婆即連年生大伯、二伯）。兄弟三個同時啓蒙，當然大的念得快，尤其父親手曾被燙傷，拿筆更不能隨心，字寫得不好，祖父恨鐵不成鋼，每看到哪個書念不好，字寫不好，就用「家法」，父親年紀最小，受的罪最多。但又不敢抗議，怕一抗議，就被雷公似的祖父一掌劈死。

祖父執意要兒女都上私塾學好漢文，他老人家後來臨去世前也指示娶媳婦進門，媳婦必須學漢文。他老人家的用意，後來兒女都了解了，但父親在年幼時，可吃夠了苦頭。兄弟們被懲罰時，別的還有親娘護著安慰著，只有自己，只能切切盼著三幾個月來一趟的奶娘。奶婆每次來看父親，都會帶點糕點給父親，那時，糕點也是平時吃不到的。父親常說：「長大後要好好孝敬奶娘。」

父親到後來才被親祖母家的娘舅外公外婆接到豐原，到「公學校」就讀，祖父心中不願孩子念日本人辦的學校，但是岳家執意如此，只得罷了。好在這時父親的漢文根基已打得不錯，也會作詩了。

父親十六歲時，年邁的祖父中風病逝。家業原沒剩多少，大小兩位祖母是婦道人家不善經營，家業敗落得更快。父親從北師（日據前期稱臺北國語學校）畢業，出來教書，必須維持一大家計。但一方面又不想使家塾中斷，仍然聘先生教。大嬸、二嬸、母親進門後，都得從頭開始學四書、念唐詩。父親自己晚上也在山腳下教「晚學」——漢文，義務性質的，多教鄉人。收入少，支出多，家業漸空，家計日窘，因此，父親始終沒能眞正的達到兒時發下的誓願：長大後迎養奶娘。事實上，奶婆有兒子多人，都有產業，境況比父親好。

父親後來離開祖居，帶母親東漂西泊，日子愈發難過。光復後雖然有段日子稍稍過得去，未幾，又是窮困得三餐難繼。姐姐們都中途輟學，只有我和弟弟還念書。我讀高中時，每聽到母親談到父親的奶娘，我便一直想去見見這位最親的「阿婆」，以及那位曾背著父親躲到山崁下的「阿姑」。但是父親每回他都自己去泰安看奶婆，因爲那困窘的日子，連多花一個人的車錢都花不起（以前車錢在一般物價比較下，偏高，不像今天那麼便宜）。

到我高三，有個星期天，父親突然叫我和弟弟跟他去泰安。父親說：「奶阿婆快九十歲了！讓她看看你們也好。」那一年，父親已白髮蒼蒼年近花甲。

我和弟弟穿上制服（我們最好的衣服），與父親到臺中火車站買了兩個蘋果——那時臺灣還沒生產蘋果，十分昂貴。我們到泰安下車，走一大段路。

奶阿婆已又老又矮小，甚至於他的孫子都已是老人樣了，他兒子當然也很老。幾位老人在一起，又是笑又是老淚縱橫，激動半天，情緒才平靜下來。

奶阿婆的聽力還好，眼力就不行了，摸摸我又摸摸弟弟，直說：「乖孫子都那麼大了！」

父親告訴她：「這是我屘子、屘女兒！」

她笑了起來：「好快啊！好快啊！你姐仔背你到山崁下藏起來，不讓人帶你走，這好像才前兩天的事嘛！」

我無法想像那一晃六十年將過，奶阿婆竟把它當成「前數日」的事。只是看老人對著更老的人，十分有趣。

我們在那兒吃了頓豐盛的午餐，然後依依不捨的告別。奶婆的孫子送我們到火車站，搶著替我們買車票。我還想著：以後要常來看奶婆。但是沒多久，奶婆去世，父親獨自去送葬，而我因爲畢業在即，不想打破中小學十二年全勤的紀錄，便沒有去。

年紀愈長，才想起：少一紙全勤狀算什麼，沒能去爲奶婆送終，眞是一輩子後悔！

六九、四、九・新副

兩老

儘管媽媽愈老愈愛向我告爸爸的狀，我仍然覺得：媽媽能嫁給爸爸，這是她前生修來的福氣。父親這種人，打著燈籠都沒處尋的。

父親是個天才，像「標準時間」，我到現在就還沒聽過看過第二個有這種能力的人。父親的腦子裏有個自動報時器，不論何時問他時刻，他說出來的與中原標準時間相差不上三分鐘，哪怕是半夜突然把他叫醒來問。

現在自由寶島，幾乎人人買得起手錶鬧鐘，這種本領沒什麼稀罕。但在缺鐘少錶的二三十年以前，爸爸就是全家的「活時鐘」。對媽媽尤其幫助不少。冬天凌晨天黑黑的，媽只要問爸一聲：時間到了沒？

「現在約三點二十四、五分，你再睡一下吧！」

我小時上學從沒有遲到過，天天按時起居，家中有一座「人鐘」是最重要的因素。

有時媽睡得沉了點，時間到了，爸就會跟媽說：「四點半啦！」

那年頭，用煤球爐、或大灶燒飯燒菜，做母親的都要很早起床。尤其我們姐弟學校都遠，最慢六點出家門，五點半就要吃早飯了。不過，母親告訴我：她剛嫁給父親的時候更苦，每天凌晨三點就起床燒「第一班飯」，給長工吃的，長工四點多吃好飯（當然是乾飯）就到山園裏去墾園。長工們的飯菜做好後，又要洗大鍋煮「第二班飯」。這是一大家子老老小小吃的。時間不能太早，飯菜會涼，但也不能太晚，太晚了，上班的、讀書的都趕不及了。

媽媽有爸爸這麼好的「標準時鐘」，不是方便多了嗎？何況，父親除了「知天時」之外，還有個天賦：音樂細胞特別多。父親會很多種樂器，還有清越的嗓門。尤其唱平劇，我眞還沒聽過幾個能像父親那麼清亮的嗓音。有時我看到別人上電視表演胡琴揚琴，我就有個感覺，父親的琴藝更該上電視！三十多年前（約民國三十六、七年），父親和一群國樂伙伴上中山堂演奏數回，同時常上臺灣電臺。那，是臺灣最早的國樂團。那時，父親已年近半百，頭髮白得差不多了。

父親的頭髮，從我懂事起，就已「不再少壯」，母親有時會笑謔他：「白頭翁。」父親一生沒用過染髮劑，而頭髮又比實際年齡來得「老」。想來，這大概是因爲他這一生命運多舛，憂愁催人老，所以白得快。

其實父親是一位很懂得生活情趣的人，只是相對的，他也是最不懂得營生的人。他這一輩子，大多時候窮困清苦，做爲他的妻子兒女，就難過日子了。

母親並不是看不破，實在是嫁給父親後艱苦的日子太多，而分明家無隔宿糧食，父親仍然能夜晚坐在院子中邊乘涼邊拉胡琴自拉自唱：「我本是，臥龍岡，散淡的人。」這怪不得母親到老邁了，還老是要翻父親的舊帳。

其實母親很少發脾氣，她的脾氣很淡，然而正因爲「淡」，所以「氣長」！到現在年近八十了，還常跟我數落父親十年前、二十年前，甚至六十年前的「罪狀」。

六十年前怎麼啦？原來祖父自從抗日失敗後，就立下規矩：我們家子弟兒女即使在四腳仔日本統治下，也要學漢文，不但如此，連娶進門的媳婦也要上家塾。於是，民國六年，祖父去世，大伯母進門，送葬後不久，就跟堂伯母上家塾，次年，二伯母進門，也要上。第四年，也就是民國九年，母親嫁給父親後，也要讀漢文。

可是那時我們丘家已沒落窮困，西席只能請一位先生和先生娘都住我們家「祖居」附近，課堂也在那兒，早上教小孩、晚上教婦道人家。白天小娃兒們還可以「個別指導」，夜晚卻只教「二式一樣」，伯母們早就念到「四書」了，母親初來乍到，她是福佬

（閩南）人，半句客家話都還不懂，就要聽老先生用客家話講解四書，這哪是「四書」，簡直無異於「天書」嘛！

母親讀「天書」怎麼又怨到父親頭上去了呢？原來父親白天在公學校教書，夜晚卻到山腳下莊上教化鄉裏子弟讀漢文。每逢週六週日，又騎「自轉車」到「大墩」—臺中市區偷學「正音」和「廣東曲」（即今天的平劇和國樂）。母親氣父親不肯撥出時間來教她念四書。

不過，幸好母親天資聰穎，居然後來居上，很快的能讀四書，也會吟詩，比伯母們學得多。可是她仍然永遠記父親這一筆帳，說他情願教別人，不肯花時間教自己的妻子。

母親還常數落父親許多事。像借金鐲子這件事，媽媽跟我說過好幾十遍了！那是五十多年前，屘叔要娶屘叔母進門時，我們丘家已窮得連祖居都抵押出去，只剩一個空殼子了。但是屘叔母是讀過高女大戶人家出身的，我們丘家也是「望族」，總不能連像樣的金飾聘禮都沒有啊！於是當時主持一家之計的父親就遊說母親：

「你那對金鐲子拿出來借屘仔迎娶新娘，等新娘娶進門，金鐲子就要回來。新娘她家有錢，不會收下聘禮的！」

母親就眞的把金鐲子拿出來借屘叔。果然，新娘娘家沒有收聘金，那些金飾原封不動，陪新娘來到丘家門。只是，屘叔母進門後，金鐲子卻沒有還給母親。父親不敢問弟媳要；祖母不敢問新兒媳要，母親自己只會唯父親是問，也不敢「打壞姆嬸感情」。一對好幾兩的金鐲子，就這麼一去不回了。

父親還做過許多「勇於借錢給人，怯於向人討債」的事。我知事後就眼見好幾件，最嚴重的一次是拿我們自己房子爲抵押替別人作保，弄到後來，我們不得不賣掉房子替人賠大錢，我們變成「貧無立錐之地」，只好借住親戚的草寮，十分貧困悽慘，好多年都恢復不回來。

我們做晚輩的不會怪父親，我們知道父親就是爲人太憨厚善良，太樂於助人苛待自己，但是母親跟著父親受過太多次罪了，所以在我成年後常跟我說：

「你阿爸啊！被人煮不熟的，一次又一次，教不精！」

我跟母親開玩笑：「爸就是不精靈鬼怪，所以不會想歪路娶小老婆，這，也是媽您前世修來的福啊！」

眞的！父親雖有音樂家的天賦，可是，沒有藝術家的浪漫。如果父親不開口唱歌、不演奏曲子時，他只是一個樸質木訥的人，他把豐沛的感情全投入歌聲和管絃聲中，不會像一般「風流才子」處處留情。

這一點很影響我們幾個做子女的。我們兄弟們，都愛好音樂，不會冶遊。我們姐妹，都敢敞著嗓子高歌，但是都笨嘴笨舌，不會舌底燦蓮花。這一些，都像父親。

雖然說：父親不善於營計，使我們過著清苦的生活，但是，在精神上，我們一直不曾貧乏過。這種「不貧乏」，一方面來自父親豁達大度的處世態度，另一方面，就是母親為我們遮風避雨。

母親不是厲害精明的人，但是，她是屬於智慧型的，更重要的是：她雖是福佬人，卻具有客家女子那種肯吃苦耐勞的能耐。

母親十九歲嫁給父親，上有兩位小腳婆婆（卻又都不是父親的親娘，親祖母生父親時即去世），兩位大伯、兩位妯娌，下有兩位小叔、六個還未出嫁的姑子。母親會女紅，嫁妝中有縫紉機（手提式的，在六十年前絕少絕少）。一大家子的衣服就全歸母親做了。

除了裁衣縫補，廚房的工作要與兩位伯母輪流。輪到自己燒飯那一個月的柴火，全部靠自己平時去張羅儲留。祖居在半山中，滿山的柴枝去撿、去鋸砍。還有，菜蔬，全是自家種的，長工只負責墾拓山園種林木。衣服，當然除了自己一房，還要洗小叔子姑子和婆婆的。

母親原也是大戶人家的閨秀，嫁來丘家，卻「文武」全都要上，又要念書做衣服、又要砍柴拿鋤頭持鍋鏟。大姐大哥相繼出生後，更忙得團團轉。

母親常說：「那時，就像打陀螺，從一大早忙到夜深，轉個不停。有時想偷休息，不去『晚學仔』——私塾，先生又叫先生娘來催，只好半睡半醒在那裏子曰子曰啦！」

後來，一大家子，生之者寡、食之者眾，實在撐不下去了，父親只好一碗一筷都沒拿，和母親帶著大姐、大哥、二姐、二哥，四個孩子離開臺中祖居，到新竹討生活。本來，依父親的學歷不難找到工作，很可以養活妻子兒女的（父親那時算高級知識分子），可是父親不屑於在日本人手下做事。他到一商家工作，卻莫名其妙被日本人捉去，也不審判，關了一年才說「抓錯人」，放父親出獄。那一年，母親帶著四個孩子，也不知怎麼撐過去的。

父親曾回唐山（大陸）謀得薪俸不低的官職，但是，母親沒有同去，又因太勞累而患重病，父親不得不趕回來臺灣，從此不敢再去，仍過著困苦的生活。而且，三姐、四姐、我和弟弟，又陸續來到這世界上，那麼多張嘴巴要吃，父親卻又不肯替「四腳仔」做任何事，因此日子更難過。母親只得尋些空地（那時野地多），開闢出來，挑肥、挑水、種菜，另種些番薯。

就是那種日子，父親仍然不忘在餘暇教四鄰人家子弟漢文。可笑的是：父親卻不太教自己的孩子，更可笑的是，他教漢文不但不收束脩，後來還「賠本」——父親在眾多學生中選了個寫一手好毛筆字的學生，把二姐許配給他。當然，那是學生已長大之後的事了，那時，也光復了！

臺灣光復，父親受聘到省府工作，我們家也因此搬到臺北。在臺北那幾年，日子稍好一點，可是，後來父親因血壓高而退休，我們搬到臺中。父親卻替人作保，弄得一無所有，又苦了十多年。

等我和弟弟半工半讀完成專校學業，然後各自成家，弟弟娶弟媳那一年，正逢父親母親金婚紀念，又是七十大壽，於是三喜一起做，好多親朋好友來，都說爸爸媽媽：

「可以坐安樂椅啦！」

結果並沒有，兩老依舊爲兒孫輩忙碌。尤其媽媽，七十多歲了，仍然所有家事一把抓。有時父親會「罷工」，不幫弟弟看家，自己到街上逛。母親每逢我回去就向我告父親的狀：

「你阿爸，都不湊半點手腳（幫忙），我又帶三個孫子，又要買菜煮飯，他啊！自己趴趴四處走！」

我勸媽媽：「爸那麼多歲了，出去玩玩也應該的。媽，其實您有時也要出去走走。」

「不行，叫我放外外的（不幫事）做安樂婆，我不習慣！」母親就是母親，哪怕七老八十了，還是像陀螺一樣，轉個不停。

但是到七十七歲那一年，母親突然倒下來，兄弟們將母親送到大醫院，這一檢查，才發覺母親從頭到腳，從裏到外，全身各部門都有大毛病。母親這一倒下來，所有的病都一起出來。母親幾度病危休克，幾乎連氧氣筒都不管用。父親看母親病重，心裏沉重，也病倒，不過，偶爾還能起床，爲母親蓋蓋被，問母親要吃什麼。兩位老人都瘦得剩下一把骨頭。病拖了好久，尤其母親曾經好幾個月起不了床。

父親還沒什麼，他早兩年就因耳律神經失去平衡，不能再唱歌，不再拉絃彈琴，再早十年二十年前他曾血壓高後轉惡性貧血，大病數次，所以父親對生重病「習以爲常」。母親就不然了，總認爲自己「大限已到」，吩咐東吩咐西，我每次回去，就叫我替她準備「壽鞋壽佩飾」，說佩飾便宜的做一個樣子就好。我表面說她：

「您心裏就是亂想，所以病不會好！你這種病根本沒有什麼嘛，調養調養，東西不要吃太鹹就好了！」

但是我心中也在著急，母親好久都吃不下什麼，全靠打點滴和高單位營養針維持體力。肋骨部分腫了十幾公分高，腳和手卻細如柴枝。我執意不肯爲母親買所謂「壽」物。但回去幾次後，哥哥弟弟說：

「既然媽媽一定要你買，你就幫媽媽買，讓她安安心。你是屘女兒，媽最疼你。」

去年暑假我只得含淚到街上胡亂買一些花蓮石玉鐲、耳環、合金戒指，以及顏色較素的繡花布鞋等等。拿回去給母親一一過目，她要我把這些東西放在床頭鐵盒子中，說：

「等我走了，把眞金戒指玉鐲退下，換這些假的。壽衣不要另外做了，家裏現成的那些挑新一點的就行了。」

我眼淚幾乎要滾下來，但只有盡量忍著。然後又北上。奇的是，隔不久我打長途電話回臺中問，弟弟說母親好轉能下床吃點東西了。再隔些日子，母親能在屋內走動。母親一好，父親的病也減輕九分。過年前我回去，母親已能補衣服，父親能上外頭買點瓜果。

今年四月底我回去，母親又跟我告父親的狀：

「你阿爸啊！身體略略好一點，又趴趴四處走！一點都不顧屋裏事，他哪，一世人不改，以前——。」

哈！媽媽又在翻爸爸的陳年老帳了！老小老小，眞是不錯。想從前，我小時常向媽告姐姐弟弟的狀，如今，倒過來了。好快！我出生時，父親年已不惑，母親小父親一歲，卅九歲，一轉眼，我已不惑之年，父母親也結婚六十週年了。

爸媽結婚一甲子，兩老不算神仙眷屬，他們受過許多苦難艱辛，母親經常叨叨念念，父親雖然脾氣好，卻也有擺臉色的時候。不過，我仍然覺得他們倆，正如現在一般喜幛上常寫的「天作之合」、「白首偕老」，前些日子，二哥告訴我：「今年是父親八十大壽，又是父母親結婚六十週年，七月裏要三件喜事一併做。」（母親也提前做八十大壽）。依規矩，女兒要剪一塊布料掛在慶宴禮堂上，上面要加上吉慶話。又要做壽又是結婚一甲子紀念，那上頭貼什麼話最好呢？我連想了好幾天，有了，終於想到一個最通俗又最貼切的——「百年好合」。爸爸媽媽倆，既然已相處六十年，再多加四十年，不會難的。

六九、七、九・中副

禾埕上的琴聲

莫瑞颱風來襲帶來豪雨那天晚上，大哥打電話給我：「爸爸有沒有去你那裏？」我回答說沒有。大哥又說：「爸沒回到臺中，也沒有在中壢、新竹、豐原下車，現在只怕被卡在半路上了。」

原來這前一天下午，爸爸心血來潮突然想到大姐的六十大生日迫在眉睫——其實還有一個多月，於是跟母親說：

「我去中壢，問問秀青怎麼做大生日？」

說著就穿衣服皮鞋就走，也不管報上刊登、電視也播報莫瑞颱風即將登陸。他搭火車到中壢，誰知撲了個空，大姐和大姐夫去南美大外甥家，還要兩三星期才回來。父親又搭車北上，到臺北市區二哥家想通知二哥為大姐做六十大壽，二哥卻去南部受訓了，於是老爸爸又到北投大哥家，住了一夜。第二天（七月十九日）豪雨空前大，父親吃過午飯卻說什麼也要立刻回臺中弟弟家，大哥拗他不過，送他上火車。

到晚間，弟弟說爸爸沒到家，看電視新聞，各地災情慘重，火車受阻。大哥焦急的分別打電話到各姐妹甥姪家，全沒有爸爸的消息。臺北火車站的總機小姐只知好幾班次火車卡在竹南附近，至於下午一點半臺北發的那班莒興號有沒有在內就不知道了。臺中新竹等地火車站電話根本打不通。

我聽了直怨大哥：「這麼大颱風雨，你就讓爸一人上車回臺中？爸又最不愛多帶衣服的，火車上也不知道有沒有吃的？八十多歲的人怎能又冷又餓在火車上過夜？」

那一晚上我一直沒睡，胡思亂想，尤其夜裏兩三點間，弟弟打電話來說：「剛收聽到廣播，晚上十點多時有班莒興號在三義附近出軌，三節車廂掉到河裏去，我天亮後就騎機車去看。」

我心整個沉下來，直想哭，不過仍然叫弟弟：「你先去車站問清楚：爸搭的那班車到底到臺中沒有？」

第二天一大早，弟弟又打電話給我：「車站的電話通了，出事的那班車是別班次的。爸搭的那一班昨晚七點多就到臺中了。我現在出去找看看，你知道的，家外頭這條巷子雨下大些就淹到膝蓋，外頭大馬路又在挖地下車道。」

那不更糟了嗎？忐忑不安的等到八點多，弟媳打電話來說：「五姐，爸回來了，他昨晚下車時水太大他就住車站前的旅館。我馬上要上班去，請五姐通知其他人。」

我一一打電話給兄姐外甥侄兒們，大家哈哈大笑，並且預測：「爸爸又要被媽媽嘮叨好幾天了。」

不是嗎？我八月底回去看媽媽，媽媽還在我面前數落爸爸「失蹤」那一回事，說「這老顛倒就是這樣害人，什麼事想到就走，回到臺中也不打電話回家，害子孫長途電話打來打去花不少錢。」

我笑著跟媽媽說：「人平安就好了，爸是從不打電話的人，說不定家裏電話幾號他都不曉得。」

我講著，臉上雖然還笑著，心中卻升起了淒涼的感覺：父親是老了！老得有點像幼童，有些事他不懂得怎麼去處理。像這回失蹤事件，他一想到大姐六十大生日將到，立刻冒颱風天北上，又冒大雨大水南下。這事只要撥個電話問一下就成，他自己不會撥，可以等弟弟弟媳下班回家讓他們打電話也成。不過，他一定不單是想商量大姐做生日的事，一定是又動了「出巡」的心。

父親近些年常常臨時起興，說出門就出門，有慢車搭慢車，有快車搭快車，反正全是「半價」——老人優待。我們做兒女的只有事後電話「追蹤」，也不好阻撓老人家不做「獨行俠」，他不出來透透氣，成天悶在家中做什麼？又沒什麼好消遣。每天一大早散步所碰到的盡是陌生人。

假如父親耳朵還很好就好了，以前父親耳朵嗓子還好時，最愛自拉自唱一段京戲以自娛，或時而彈奏其他樂器。在我年少時候的感覺：父親雖窮苦，可是他很能自得其樂，尤其他自拉自唱一段空城計裏諸葛亮坐城門那一段，更悠悠然頗有「南面王不易也」的神態。

我高中時，家裏窮得什麼都沒有，借住親戚已廢棄的茅屋，沒水沒電，月夜不用鑿壁，月光自然從泥土壁洞透進來，茅草屋頂掏得出鳥窩老鼠窩。寒冬以麻袋草袋束擋西塞的堵牆縫，「冰風」仍從四面八方進來。即使住這種房子，父親仍然安之若素。

白天，父親就在親戚的園裏忙碌做活，降霜時最苦，三四點就要起來，挑溪水澆菜替菜蔬解霜害，那裏地勢高，冬季又多旱冷，無法引水灌溉，甚至附近的田溝都經常乾涸的，要到遠一點、低一點的地區挑水。父親的手腳，每到冬天就凍得裂痕累累、鮮血直滲出。夏日也不見得輕鬆，父親常在烈日下芟草、種菜。清晨黃昏也要澆菜餵鴨雞。種菜是自家吃的，養鴨雞可以賣來換錢，芟草則是為親戚整理園子。

父親最「快樂」的時間是晚上飯後，他就在禾埕中彈奏揚琴或拉胡琴唱京戲。夏夜固然在禾埕上、秋夜春夜也如此，甚至不太寒冷的冬天或下雨天，他也在屋簷下拉絃唱戲。如果太冷的寒夜，他就不碰樂器，默默的坐在客廳裏，看我們在飯桌上煤油燈前做功課，有時早早上床睡。

有一回，父親已回臥室，我和弟弟做完功課，我彈揚琴、弟弟吹笛，兩人試著和「昭君怨」，爸爸跑出來問：

「你們功課做完了？」

我們說是。父親就說：「那，我拉胡琴來跟你們和。」

這以後，每逢冬夜，我和弟弟做完功課，父親就去拿胡琴來跟我們合奏幾曲，不再早早入睡。春天、夏天和秋天的夜晚，我們就到禾埕上一塊兒拉唱彈奏。我升高三功課多，父親就自己一人在禾埕中。天冷了，也在外頭自拉自唱。我跟父親說：

「外頭涼了，怎不進屋內拉。」

爸沒說什麼，以後天愈來愈涼，他又不拉胡琴早早去睡了。我想他老人家大概怕吵了我，尤其客廳不大，在屋內拉胡琴也好，彈揚琴也好，聲音散不出去。其實父親琴藝精深，嗓音清亮，怎會是噪音？

寒假中有一天晚上，我念書念倦了，想著父親愛和我們合奏曲子，就掀揚琴蓋，架好，彈父親常彈的「平湖秋月」，果然父親又取下壁上的胡琴下來和聲。和完一曲，我突然想學京戲，跟父親要求：

「爸，教我拉胡琴唱京戲吧？」

父親卻楞了一會兒，臉色黯淡下來，說：「你還是別學好，你不是一向數學最好嗎？在這方面專心比較好。」

看父親神色沉凝，尤其寒風陣陣，燈焰飄動，父親白髮一閃一閃，我心中一陣悸痛，我發覺父親彈奏樂器甚至清唱時，都並不是「自得其樂」，他只是在排遣不遇的鬱鬱胸懷而已。

我成年後，母親常會告訴我一些舊時的事情，從那些「古早的故事」中，找出和父親琴藝有關的片段，連貫起來，我得知父親在日據中期學國樂（當時稱廣東曲）和京戲都在十分艱難的環境中學的，而那又帶給父親許多不幸的遭遇。光復初期，父親曾眞正快樂一段時日，他白天上班，晚間和一些國樂同好合奏曲子，還多次開演奏會，那也是光復初期臺北最早的演奏會。

可是一把無情火燒燬了我們的家和父親許多心愛的樂器。以後艱辛的日子中，只能買三幾樣樂器，但到我小學六年級時，父親失業，我們搬到偏遠的鄉間，父親遠離了他那些音樂同好。白天做田裏的粗活，晚間以琴聲歌聲自娛。

父親從不教我們任何樂器，我們兄弟姐妹會什麼都是自己摸索的，大哥吹簫、二哥拉絃、四姐和我彈揚琴，弟弟弄笛。就沒人學上父親唱京戲，我們會的父親全精深。媽說父親年輕時還會更多樣，曾託人從唐山帶許多樣樂器回來，聽媽的描敘，我也猜不出是什麼，大概有一樣是笙。反正吹的、拉的、彈的父親都行，只有一樣不行，「撥」的。父親的嗓子得天獨厚，十分清亮，他在年輕時已學會不少齣戲。光復後，又向許多外省朋友學，會唱的更多了。在臺北時還常去聽戲，但後來到臺中鄉下，什麼都隔絕了，他只有自拉自唱。

一直到我出校門教書，父親還常愛彈奏樂曲唱京戲。我時間較充裕，較常和父親合奏幾曲。但是有一天，快七十歲的父親病了，病得很嚴重，數月臥病在床，有一度不能說話，好容易痊癒，父親的嗓子也壞了，再隔兩年，他耳朵變得有些背，連拉絃彈琴也不行了。

弟弟成家後，父親和母親都住弟弟家，每次我回去看老人家，只見牆角那裝胡琴的藏青布袋，愈來灰塵愈厚。桌上揚琴，我打開來彈，全走音，我一一調好，彈一彈，但下次回去，又走音，後來琴絃愈斷愈多。有次回去，連揚琴都沒了。近兩年，連胡琴也沒了。

只有弟弟偶爾在吹弄梆笛，「陽明春曉」，「春江花月夜」等都是較後期的國樂曲，非我們舊日合奏的那些。而每日飯後，父親看完電視新聞就早早上床。近幾個月，中視開闢國劇，雖和舊日京戲大不相同，父親也收看，電視沒國劇的日子，又是八點多就睡，早晨三四點起床散步一兩個鐘頭再回來。父親整天沒事，因此常想著想著，就各地跑，不過，去別個兒女孫兒家他更坐不住，又立時三更要回臺中。臺中弟弟家至少還有媽媽會叨念他，那有什麼關係，媽念的聲音都是起頭大後來小，爸聽不見。爸到別個兒女家，大家早早晚晚都要忙，沒人有多少時間陪他老人家。

可是每隔些日子，父親就忍不住「出巡」一次，又到各地看其他七個兒女幾十個孫子、曾孫。雖然，我也常想著：父親這歲數了，他過去的同事朋友都已入土，只有他能健朗如獨行俠各處來來去去，這也是他老人家過去八十年行善所積的福澤。只是，每跟父親講話，必須正面相對，他老人家必須「注目傾聽」的樣子，總使我想起那種日子已不再來，我和弟弟在煤油燈下念書，而禾埕上傳來清越的琴聲和嘹亮的歌聲，那種日子不會再有了。

七十、九、廿二・中副

紅燭燃盡時

怕拆開那包東西，那是前天臨北上前，弟婦拿給我的，她說：「每位姐姐都要拿一包，這是習俗規矩。」

仍然必須拆開來看，因爲那是「習俗」。拆開，觸目心驚，先看到一疊紙錢，再有一小包冰糖、一小包冬瓜糖、一件棉質內衣、一條毛巾。此外還有一對紅燭。

又想起那拾級而上的鮮花架兩旁兩長列的紅燭！啊，母親啊！母親，才幾天！

才十天前的週六晚上，弟弟打長途電話給我：

「五姐，媽要你和三姐四姐和哥哥明天都回來！」

元宵節我們才回去，媽又急著見我們做什麼？不過，我和哥哥仍然上週日一早搭六點二十的快車南下。回到家九點多，三姐四姐也同時到，好像約好似的。

才幾天不見，媽變得好虛弱。媽把我們叫到她床前說：「母雞要放小雞了，你們現在替我把要走的衣服找出來，我前些時候就放在一個皮箱中，差不多找齊了！不夠的你們再找，一共要十一層！」

「媽，您靜心養身體，不要東想西想！」

「媽，大阿姨八十八歲，大舅舅八十五歲，身體都好好的，您才八十一歲，不要想那麼多！」我們七嘴八舌的說。

「不，我很清楚，我快要走了！」媽的神智雖很清明，但是講話很累的樣子。三姐四姐眼淚直掉，我想罵她們怎可在媽面前哭，可是心中沉重，一句話也說不出。

「趁你們都在我面前，現在幫我把衣服鞋襪找齊，還有，我留一包『手尾錢』、一包糖果、幾樣首飾，你們找一找！」

我把兩位姐姐叫到一旁：「不找反而讓媽著急。記得前年暑假吧？媽媽病重非叫我幫她買壽鞋和配戴的假玉鐲、耳環、戒指那些，我先還不肯，後來買了，媽媽反而心中寬慰，身體也好轉起來。」

於是我們姐妹找了起來，媽媽房間的箱子、櫃子特別多，配戴的東西和鞋子容易，以前就是我買的。但衣服就難了，媽媽瘦得已剩一層皮，此刻沒法子起來，眼睛也都看不見，一件件衣服拿給媽媽摸，這件是，那件不是，到後來，媽以搖頭和不作聲來表示。姐姐一直哭，弟弟說她們：

「你們要堅強一些！」

我比較冷靜，看媽媽所挑的衣服，全是最舊最差的。好的布料和新的衣服全留著。我忍不住說：

「媽挑的這些衣服全很舊了嘛！」

「好布料的新的，你們姐妹不嫌棄就拿去穿，我活八十多歲了，我的衣服你們不要嫌棄啊！我穿不好的走就行了！」

媽！媽一生惜福，到老還這樣！我的眼淚也直掉下來。爸爸進房來，更哭出聲音來。大家又強忍住，繼續翻找東西，總算找齊了「十一層」——包括衣褲裙，八十以上的壽衣要十一層。

媽的精神略恢復，中午用吸管吸了一些菜湯和牛奶，下午，我和兄長姐姐們看媽媽情況平穩，又都北上了。在火車中，我盤算著：散文隊下週六週日要去南部訪問，我不參加了，下週日還是回臺中看媽媽爸爸！以後我要盡可能多回家看看老人家。

可是，才過三天，上星期三一早我還在睡，有人按電鈴，我心驚肉跳的下床去開門，是大姪兒，我不敢開口問什麼事，大姪兒也停好一會兒，才說：

「祖母在早上一點多走了！我現在馬上去臺北車站搭車。㕮姑呢！什麼時候下臺中？」

我一時不知怎麼辦好，總覺得不是眞的，說：「我等一下再看看！」關上大門，回到房內，回到床上。一定在做夢，一定是做噩夢，外頭還漆黑的，姪兒並沒有來過，要是媽媽走了，弟弟一定會馬上給我電話！現在五點多，沒任何電話來過，一定只是噩夢。下床到客廳，打電話給四姐看看，電話不通，原來電話壞了，那，是眞的了，媽眞的走了嗎？不，不會的。

不曉得怎麼到車站，怎麼買票上火車的，我心中茫茫然，一直回想元宵節前兩天，終於擺脫雜事雜物，帶著兩個孩子回臺中，一路上心境很好。女兒告訴我：

「媽，我知道你爲什麼一直笑，因爲你終於可以回娘家看外婆了！」

是啊，年紀愈長，愈常想看老媽媽，可是這回新春太多事情，拖到孩子快開學了才成行。元宵節時媽還能起床走動啊！只不過半個月，難道我已變成沒媽媽的人了？孩子們再也看不到外婆了？火車怎麼走那麼慢：電話早不壞遲不壞，怎麼這時候壞了，昨晚電話還好好的啊！希望那只是夢，姪兒不曾來通知我過！

到弟弟家，大姐二姐大嫂……全來了，臂上一小束麻布！爸爸老淚縱横！

弟弟載我到殯儀館，仍然看不到媽媽，媽被鎖在停靈間，我只能在外頭靈紙牌前，映入眼簾的是一對紅燭。紅色的，那，媽媽沒走？我仍然冀盼著。

「媽媽八十多歲，算高壽，所以靈桌前點紅燭！」弟弟說。

一陣昏眩，弟弟扶著我。那、媽媽眞的走了！媽，神靈不遠，別走那麼快，多看看我！

下午要入殮，雖然有化妝師，我仍然和三姐四姐進停靈間，自己爲媽媽梳頭，擺好另一套較好的衣褲裙子，和糖果、扇子、手帕、飾物等。

要封棺前，葬儀社的人說：「現在你們不要再哭了！不要出聲，讓老人走得心安！」

我們姐妹仍然繼續哭，弟弟更哭著叫喊：「媽！媽！」

哥哥叫那人不要封棺，讓我們再看看！眾兄弟姐妹姪兒們又繞棺一周，想多看幾眼，我根本看不見，淚眼模糊，又怕淚水滴在靈柩上。以前，我一直最「硬頭」，不相信這不相信那，但是，這是媽媽的靈柩，人家說：子孫的淚水不能滴在靈體上面，要不，死去的人會不安！我要讓媽媽心安，可是，我的淚水怎麼也斷不了！只好跑到停靈間門口跪下，讓淚水滴落在地下。

聽釘棺的聲音，驀然心驚，我眞的看不到媽媽了，永遠看不到了。

星期天，臺中殯儀館小小的慈明廳裏頭，鮮花架上的鮮花五顏六色，兩旁長列的蠟燭也是紅色的。但靈柩是單薄的棺木，儀式完立即到火葬場去。有親戚不諒解，問哥哥弟弟：

「你媽媽福壽全歸，爲什麼葬禮辦得那麼簡單匆促？」

「是媽媽生前的意思。媽媽說：人走了不要給子孫添麻煩、不要跟活人爭土地。所以要我們節省喪葬費儘快辦出殯、火葬和骨灰安塔的事。媽以前就在青草湖靈塔訂好安置骨灰的位置了。」

仍有親戚感到奇怪不能適應，更使我感到母親年歲雖大，但她老人家的思想卻比年輕人進步開明。

雖然感覺母親很開明，但靈柩送入火葬場的焚燒場那一刻，我們又全忍不住痛哭流涕，我甚至有些後悔，古人說：「入土爲安。」媽媽被焚化，能「安」嗎？這一火葬，不更「天人遠隔」了？

第二天一早，去撿骨灰，兄弟大姪兒們和姐夫去，哥哥怕我們承受不住，不讓我們女的在現場，等撿好骨灰用大理石罐子裝好，我們全體才坐上租來的大車子，從臺中往青草湖出發。

我身體較差，弟弟叫我坐前頭，二哥捧著白布包的骨灰罐子也坐前頭，弟弟也到前頭來坐我旁邊，他跟我說：

「我要看路，看橋！」

爲什麼？

「他們說：看上坡路、險路或過橋要叫一叫媽媽！雖然不科學，不過，人家怎麼教，我們就跟著做。」弟弟說。

我先也覺得「不科學」，但是仍然注意每一座橋，怕弟弟淚眼模糊時沒看到。

弟弟一路叫：「媽，過橋了！小心。」

「媽，爬坡了！」

「媽，過大甲溪！」

大甲溪，媽不就出生在大甲溪畔的「溪州」嗎？不知媽走了後有知覺不？神靈是否跟著這車子？看到大甲溪了？

我心中也跟著弟弟叫：「媽，現在是收費站，所以車子停一下。」

「媽，下坡，小心路滑！」

淚水一直湧上來，我怕看不清路，拚命忍！但是，淚水滿眶的時候多，怎麼也忍不住。

媽，進入新竹了，媽多年前住過新竹，二哥和三姐不全都在新竹出生的嗎？如今他們已五十幾的人了。

「媽，這裏是新竹市區了！」是另一個聲音，二哥也在叫喚母親。

媽，神靈請跟著我們！多看看我們。媽，經過青草湖了！媽，靈隱寺到了！

寺周圍一片沉寂，想著媽媽的骨灰寄放這兒，不知她走後有靈，能否習慣這裏的寂寥？媽兒女多，孫兒曾孫多，以前，最盼著愈多人回去看她愈熱鬧愈好，不知媽爲什麼生前會同意爸爸的說法：「人死後不要築墳，不要給子孫添麻煩。」

辦好安置母親的骨灰罐子，我們下山。我盼著人去世後有靈，那麼我終於還是能在另一個世界看到媽媽，但又盼著人去世後沒靈，要不，媽現在一個人孤零零留在靈塔，周圍全是陌生的而且是「先入爲主」的舊靈，那些舊靈會不會欺生呢？很後悔剛剛沒向周圍祈禱，請那些舊靈多多照顧媽媽。

胡思亂想中到新竹車站，姐弟們分開時，弟媳交給我和大姐、四姐各一包東西。我回家，放了三天才拆開。

冬瓜糖和冰糖用來吃的吧！毛巾和棉衫，穿用的。那紙錢和紅燭呢？打電話問弟弟。弟弟告訴我，紙錢燒一燒、蠟燭點一點，以表禱祝之心。

我點上蠟燭，然後到院子中燒紙錢，再回屋內，凝視紅燭漸漸矮短，燭芯終於浸於燭油中，燈焰漸微時，電話響起，是弟弟：

「五姐，忘了問你，下週一提前作『二七』，你要不要回娘家？」

「回娘家」？娘親已不在臺中家中了。

「姐，你要不要回來？」弟弟又問一聲。

我哽咽出不了聲，也不敢出聲，怕又引起電話那一端的弟弟又跟著哭出來。我們兩個屘子屘女兒和媽媽相處的時間最短，媽生我們時已中年，養育我們已步入老年，甚至我們的孩子幼小時，老邁的媽媽都幫著帶。母親啊，我們都沒有回報絲毫，沒讓媽媽享過一天清福，母親就走了！媽，神靈有知，請原諒我們，媽媽，多看看我們！

七一、三、廿七・中副

大地圖書目錄(一)

編號	書　　名	作 者	定價	圖書分類
01030001	講理(增修版)	王鼎鈞	230	大地文學
01030002	在月光下飛翔	宇文正	220	大地文學
01030003	我的肚臍眼	殷登國	180	大地文學
01030004	笑談古今	殷登國	200	大地文學
01030005	張愛玲的小說藝術	水　晶	190	大地文學
01030006	香港之秋	思　果	190	大地文學
01030007	作家花邊	姜　穆	200	大地文學
01030008	愛結	夐　虹	150	大地文學
01010040	風樓	白　辛	85	大地文學
01010120	蛇	朱西甯	105	大地文學
01010130	月亮的背面	季　季	120	大地文學
01010150	大豆田裡放風箏	雨　僧	160	大地文學
01010220	美國風情畫	張天心	160	大地文學
01010250	白玉苦瓜	余光中	150	大地文學
01010270	霜天	司馬中原	60	大地文學
01010290	響自小徑那頭	劉靜娟	95	大地文學
01010300	考驗	於梨華	165	大地文學
01010310	心底有根弦	劉靜娟	90	大地文學
01010400	台灣本地作家小說選	劉紹銘編	110	大地文學
01010470	夢迴重慶	吳　癡	130	大地文學
01010490	異鄉之死	季　季	100	大地文學
01010500	故鄉與童年	梅　遜	90	大地文學
01010520	當代女作家選集	姚宜瑛	80	大地文學
01010540	域外郵稿	何懷碩	90	大地文學
01010640	驀然回首	丘秀芷	90	大地文學
01010650	夐虹詩集	夐　虹	160	大地文學
01010660	天涯有知音	張天心	85	大地文學
01010710	林居筆話	思　果	95	大地文學
01010720	蘇打水集	水　晶	90	大地文學
01010730	藝術、文學、人生	何懷碩	140	大地文學
01010790	眼眸深處	劉靜娟	85	大地文學
01010820	快樂的成長	枳　園	110	大地文學
01010830	我看美國佬	麥　高	95	大地文學
01010910	你還沒有愛過	張曉風	120	大地文學

大地圖書目錄(二)

編號	書　　名	作 者	定價	圖書分類
01010930	這樣好的星期天	康芸薇	85	大地文學
01010970	談貓廬	侯榕生	85	大地文學
01010990	五陵少年	余光中	120	大地文學
01011010	七里香	席慕蓉	130	大地文學
01011020	明天的陽光	姚宜瑛	140	大地文學
01011050	大地之歌	張曉風	100	大地文學
01011070	成長的喜悅	趙文藝	80	大地文學
01011090	河漢集	思　果	85	大地文學
01011140	眾神	陳　煌	100	大地文學
01011170	有情世界	薇薇夫人	85	大地文學
01011190	松花江畔	田　原	250	大地文學
01011200	紅珊瑚	夐　虹	85	大地文學
01011210	無怨的青春	席慕蓉	150	大地文學
01011260	我的母親	鐘麗慧	110	大地文學
01011300	快樂的人生	黃　驤	150	大地文學
01011310	剪韭集	思　果	95	大地文學
01011320	我們曾經走過	林雙不	120	大地文學
01011330	情懷	曹又方	120	大地文學
01011340	愛之窩	陳佩璇	90	大地文學
01011380	我的父親	鐘麗慧編	150	大地文學
01011390	作客紐約	顧炳星	160	大地文學
01011420	春花與春樹	畢　璞	130	大地文學
01011440	鐵樹	田　原	170	大地文學
01011450	綠意與新芽	邵　僩	120	大地文學
01011470	火車乘著天涯來	馬叔禮	95	大地文學
01011480	歲月	向　陽	75	大地文學
01011490	吾鄉素描	羊　牧	100	大地文學
01011510	三看美國佬	麥　高	100	大地文學
01011520	女性的智慧	吳娟瑜	125	大地文學
01011530	一個女人的成長	薇薇夫人	85	大地文學
01011570	綴網集	艾　雯	80	大地文學
01011580	兩代	姜　穆	120	大地文學
01011610	一江春水	沈迪華	130	大地文學
01011640	這一站不到的神話	蓉　子	100	大地文學

大地圖書目錄(三)

編號	書　　名	作 者	定價	圖書分類
01011650	童年雜憶—吃馬鈴薯的日子	劉紹銘	100	大地文學
01011660	屠殺蝴蝶	鄭寶娟	100	大地文學
01011680	五四廣場	金　兆	100	大地文學
01011700	大地之戀	田　原	180	大地文學
01011710	十二金釵	康芸薇	100	大地文學
01011720	歸去來	魏惟儀	150	大地文學
01011760	一個女人的成長(續集)	薇薇夫人	90	大地文學
01011770	一步也不讓	馬以工	120	大地文學
01011780	芬芳的海	鍾　玲	110	大地文學
01011790	故都故事	劉　枋	110	大地文學
01011840	煙	姚宜瑛	110	大地文學
01011850	寄情	趙　雲	90	大地文學
01011860	面對赤子	亦　耕	120	大地文學
01011870	白雪青山	墨　人	250	大地文學
01011970	清福三年	侯　楨	120	大地文學
01011980	情絮	子　詩	120	大地文學
01012010	雁行悲歌	張天心	125	大地文學
01012020	春來	姚宜瑛	160	大地文學
01012030	綠衣人	李　潼	160	大地文學
01012040	恐龍星座	李　潼	170	大地文學
01012050	想入非非	思　果	150	大地文學
01012080	神秘的女人	子　詩	110	大地文學
01012100	人生有歌	鍾麗珠	150	大地文學
01012110	樹哥哥與花妹妹(上)	林少雯	250	大地文學
01012120	樹哥哥與花妹妹(下)	林少雯	250	大地文學
01012180	張愛玲與賴雅	司馬新	280	大地文學
01012200	張愛玲未完	水　晶	170	大地文學
01012220	初挈海上花	陳永健	170	大地文學
01012230	條條大道通人生	謝鵬雄	160	大地文學
01012240	觀音菩薩摩訶薩	夐　虹	160	大地文學
01012250	宗教的教育價值	陳迺臣	120	大地文學
01012260	破巖詩詞	晞　弘	130	大地文學
01012270	孫中山與第三國際	周　谷	280	大地文學

大地圖書目錄(四)

電腦編號	書　　名	作　者	定價	圖書分類
01012310	枇杷的消息	張　錯	160	大地文學
01040001	老古董	唐魯孫	200	生活美學
01040002	酸甜苦辣鹹	唐魯孫	220	生活美學
01040003	大雜燴	唐魯孫	200	生活美學
01040004	南北看	唐魯孫	200	生活美學
01040005	中國吃	唐魯孫	200	生活美學
01040006	什錦拼盤	唐魯孫	200	生活美學
01040007	說東道西	唐魯孫	220	生活美學
01040008	天下味	唐魯孫	220	生活美學
01040009	老鄉親	唐魯孫	200	生活美學
01040010	故園情(上)	唐魯孫	180	生活美學
01040011	故園情(下)	唐魯孫	180	生活美學
01040012	唐魯孫談吃	唐魯孫	180	生活美學
01040013	吃的藝術	劉　枋	200	生活美學
01040014	吃的藝術續集	劉　枋	200	生活美學
01040015	京都八年	姚巧梅	180	生活美學
01040016	閒話愛情	殷登國	180	生活美學
01040017	飲食男女	殷登國	200	生活美學
01011400	穿越大峽谷	梁丹丰	100	生活美學
01011410	南亞牛鈴響	程榕寧	160	生活美學
01011430	我的公公麒麟童	黃敏楨	120	生活美學
01011460	流行歌曲滄桑記	水　晶	150	生活美學
01011500	章遏雲自傳	章遏雲	90	生活美學
01011560	金鷹行	梁丹丰	120	生活美學
01011600	時代的臉	謝春德	360	生活美學
01011910	國劇名伶軼事	丁秉鐩	120	生活美學
01011920	孟小冬與言高譚馬	丁秉鐩	130	生活美學
01011930	青衣、花臉、小丑	丁秉鐩	110	生活美學
01011950	紅樓夢飲食譜	秦一民	180	生活美學
01011990	喫遍天下	趙繼康	130	生活美學
01012070	書趣	奚椿年	180	生活美學
01012150	畫外音(上)	吳冠中	250	生活美學
01012160	畫外音(下)	吳冠中	250	生活美學
01012190	賞鳥!春天去	馮菊枝	150	生活美學

大地圖書目錄(五)

電腦編號	書　名	作　者	定價	圖書分類
01012210	快樂走天下	馮菊枝	150	生活美學
01050001	同情的罪	褚威格	200	大地譯叢
01050002	毛姆小說選	毛　姆	180	大地譯叢
01050003	一切的峰頂	沉　櫻	180	大地譯叢
01050004	金閣寺	鍾肇政	230	大地譯叢
01050005	悠遊之歌	沉　櫻譯	160	大地譯叢
01010060	斑衣吹笛人	吳奚真	65	大地譯叢
01010080	芥川獎作品選集(1)	劉慕沙譯	115	大地譯叢
01010280	聖女之歌	張秀亞譯	185	大地譯叢
01010420	飄蕩的晚霞	李牧華譯	70	大地譯叢
01010440	微笑	李牧華譯	70	大地譯叢
01010510	玉人何處	崔文瑜譯	145	大地譯叢
01010600	科西嘉的復仇	劉光能譯	70	大地譯叢
01010610	英文散文集錦	吳奚真譯	150	大地譯叢
01010760	莫斯科的寒夜	夏濟安譯	165	大地譯叢
01010800	林肯外傳	張心漪	110	大地譯叢
01010860	一位陌生女子的來信	沈　櫻	130	大地譯叢
01010900	女性三部曲	沈　櫻	130	大地譯叢
01010960	迷惑	沈　櫻	75	大地譯叢
01011030	殘百合	張心漪	65	大地譯叢
01011270	不可兒戲	余光中	120	大地譯叢
01011620	變色蝶	嶺　月	175	大地譯叢
01011670	織工馬南傳	梁實秋	120	大地譯叢
01011750	白夜	嶺　月	120	大地譯叢
01011880	嘉德橋市長	吳奚真	270	大地譯叢
01011940	儷人行	劉慕沙	150	大地譯叢
01012060	溫夫人的扇子	余光中	130	大地譯叢
01012170	理想丈夫	余光中	150	大地譯叢
01012280	莎岡小說選(1)	李牧華譯	180	大地譯叢
01012290	莎岡小說選(2)	李牧華譯	160	大地譯叢
01090001	梵谷傳	余光中譯	350	名人名傳

大地圖書目錄(六)

電腦編號	書　名	作　者	定 價	圖書分類
01010010	父母怎樣跟孩子說話	張劍鳴譯	190	實用生活
01010020	父母怎樣管教青少年	姚宜瑛譯	180	實用生活
01010100	翻譯研究	思　果	150	實用生活
01010570	老師怎樣跟學生說話	許麗玉	190	實用生活
01011120	翻譯新究	思　果	150	實用生活
01011290	減肥專欄	黃　驥	160	實用生活
01011360	高中英文作文(上)	吳奚真	90	實用生活
01011370	高中英文作文(下)	吳奚真	120	實用生活
01011690	作個內行的媽媽	嶺　月	110	實用生活
01011900	與青少年談心	羊　牧	150	實用生活
01012090	氣功不神秘	林少雯	250	實用生活
01012130	怎樣作好父母	枳　園	220	實用生活
01012140	氣功不神秘(續集)	林少雯	250	實用生活
01012300	讓糖尿病人活的健康	趙　雲	130	實用生活

國家圖書館出版品預行編目資料

禾埕上的琴聲 / 丘秀芷著. -- 2版. -- 臺北市
: 大地, 2001 〔民90〕
面； 公分. --(大地文學：13)
另一題名：悲歡歲月
ISBN 957-8290-40-3 (平裝).

855　　90008967

禾埕上的琴聲

大地文學 13

著　　者：丘秀芷
創 辦 人：姚宜瑛
發 行 人：吳錫清
主　　編：陳玟玟
出 版 者：大地出版社
社　　址：台北市內湖區環山路三段 26 號 1 樓
劃撥帳號：0019252－9(戶名：大地出版社)
電　　話：(02) 2627－7749
傳　　真：(02) 2627－0895
e -mail　：vastplai@ms45.hinet.net
印 刷 者：久裕印刷股份有限公司
2版1刷：2001 年 7 月
定　　價：220 元

Printed in Taiwan